都市傳說第二部 10
笭菁──著
你有想過，要某個人消失嗎？
瘦長人

都市傳說 第二部10：瘦長人

（※本故事內容純屬虛構，如有雷同，純屬巧合。）

楔子

你有想過，要某個人消失嗎？

一群女孩拿著長鐵夾，不情願的夾著階梯上的垃圾，往手邊的垃圾袋裡扔。

「有沒有搞錯啊？垃圾也太多了吧？」標緻的女孩抱怨著，「下面不是就有垃圾桶？」

「要是他們會在乎，就不會把垃圾丟在這裡了！」另一個短髮女孩拾起鐵罐，放進資源回收的袋子裡。

「這裡不是應該會有公所請的清潔員來掃嗎？」另一旁纖瘦高挑的女孩嘟起抹有粉色唇蜜的唇，「爲什麼我們要來做這種事？」

「因爲這是公民課，要培養我們的……什麼公民道德？」看上去一臉聰穎模樣的長髮女孩冷笑著，「這年代誰還在講什麼道德！」

「對啊，笑死。」長辮女孩也跟著回應，「自身利益才是最重要的。」

「本來就是。」女孩們懶洋洋的根本不想撿垃圾，看著上方階梯不知道還有多遠，一路上垃圾還有多多？

這是學校邊的樹林公園，老師叫全班來淨山，原本以爲是踏青郊遊，天曉得路徑上居然一堆垃圾，多到令人厭煩。

「隨便應付一下就行了，我可不想讓鞋子沾上泥土。」漂亮的吳美谷嫌惡的看著滿地土塵，一臉嫌棄。

「對啊，老師又沒注意我們……」林靖雯撩了撩長髮回過頭，突然看見同學出神的遠眺，「玟玉？」

叫宋玟玉的女孩沒有移動，她只是目不轉睛的望著林子深處，那沒有道路的昏暗處。

「玟玉？在看什麼？」短髮的葉牧芝跑了過去，但她依然蹙著眉遠眺。

這太詭異，爲什麼她凝視著沒人的樹林深處，那模樣令人不由得發毛，不遠處的金髮男孩嚼著口香糖，往旁邊大頭一推，「喂，她是見鬼了喔？」

「我呸呸呸！大白天的哪有什麼鬼！」大頭回推一把，「天曉得，宋玟玉不就是靈玄社的！」

「陰陽怪氣！」男孩恥笑了起來。餘音未落，一袋垃圾朝他扔來，「喂！」

吳美谷雙手抱胸的瞪著他，身邊那聰穎樣貌的黃曉韋也拿起鐵夾當武器似的揮舞。

「你在說誰？說我們的朋友嗎？」吳美谷警告著，「誰陰陽怪氣啊，宋玟玉就喜歡研究怪談不行嗎？那你怎麼不說那個都市傳說社也怪怪的咧？」

阿架撇了嘴，懶得跟女生鬥，尤其……厚，吳美谷正就是正，連生起氣來都明媚動人的咧。

「玟玉！」葉牧芝不安的拉了拉她。

「咦？」宋玟玉猛然回神，眨了眨眼，「什麼？」

「怎麼了？這是我要問妳的吧？妳在看什麼？」葉牧芝嚥了口口水，這氛圍眞可怕，至少她現下放眼望去什麼都沒有啊。

「啊……沒什麼。」宋玟玉搖了搖頭，「我……沒什麼。」

她欲言又止，明顯得有事卻不願說，葉牧芝很瞭解宋玟玉。

「還不能說嗎？」她小心翼翼的問著。

宋玟玉只是凝視著她，聳了聳肩，「我不知道，我只是以爲我看見了什麼……但不太可能吧！」

越說越奇怪，葉牧芝抓不準宋玟玉想表達的東西，但也不想知道，拉著她往朋友群去！以正妹吳美谷爲首的團體們帥氣的甩頭離開，黃曉韋還警告男孩們不要說她們朋友的壞話！

女孩們接著決定再繞遠一點，遠離老師的視線，自個兒偷閒去，大家點心都帶了，就是要來踏青的啊！

找到了一處僻靜處，果然沒人走到這麼遠的地方淨山，張一秋鋪開墊子，大家便席地而坐，紛紛搬出帶來的點心，吳美谷扯了扯領口的鵝黃色領巾，嫌熱的乾脆拆開！

「玟玉，妳怎麼怪怪的？妳剛在看什麼？」

「嗯……我只是在亂想而已。」她敷衍說著，從手上的七彩束口袋中拿出零食。

女孩們交換眼神，玟玉這幾天都怪怪的啊！

「妳幹嘛悶悶不樂？這裡最該悶的人是我吧！」黃曉韋嘆了口氣，「都要欲哭無淚了我！」

咦？葉牧芝心中暗吃一驚，緊張的揪著裙角，「我……我……」

成績向來是學校數一數二的黃曉韋，學校老師都引以爲傲的資優生，全校都以爲她會保送高中第一學府，結果保送的卻是平時只在前三十名的葉牧芝。

「對啊，芝芝，妳怎麼辦到的？妳平常連前十都進不去耶！」滿臉雀斑又特愛化妝的張一秋用手肘頂了她一下，「突然開竅喔？」

葉牧芝緊抿著唇，根本不敢抬頭，她自己也很驚訝好嗎？她從不知道自己考得那麼好，甚至拿走了唯一一個保送名額，再怎樣都輪不到她的！但是那天題目就眞的好簡單，剛好都是她做過的題型。

她很想說是考運好……但是在黃曉韋面前，她覺得什麼話都不要說好了。

「嘻……哈哈哈！」黃曉韋捲著長辮子突然笑了起來，「哈哈！看看妳那個樣子，哪有人保送了還一副低落的樣子？」

嗯？葉牧芝錯愕抬頭，緊張的嚥了口口水。

「拜託，曉韋是那麼沒心胸的人嗎？妳保送是妳的本事啊，為這個氣妳不是太奇怪了！」吳美谷摟過黃曉韋，兩個人相視而笑。

「對啊，我承認我很驚訝，但妳又不是作弊的，我幹嘛生妳氣！」黃曉韋輕戳了葉牧芝的前額，「妳這幾天一直躲我，就是因為這樣喔？」

葉牧芝望著黃曉韋，突然間就哭了起來，她快嚇死了！

嗚，她們幾個是最要好的姐妹，正妹吳美谷是頭頭，喜歡紮辮子的黃曉韋是最聰明的，雀斑張一秋就是個愛漂亮又愛流行的花痴，林靖雯是行動派加隨和派，玟玉則是所有人裡最文靜也最貼心善良的人，總是會為大家打理一切。

而她實在沒什麼特色，雖然成績也不差，但是輸黃曉韋太多了！

這群死黨是她最重要的東西，當保送名單顯示她的名字時，她第一件事在意的就是黃曉韋——但曉韋說不在意是騙人的，因爲宣布到今天爲止，她才頭一次與她說話。

「哭什麼啦！」張一秋咯咯笑了起來，「我們都很以妳爲榮耶！」

「對啊，而且——」黃曉韋冷哼一聲，「我保送不了，我考進去不就好了！」

「沒錯！這對我們曉韋而言根本小菜一碟！」

宋玟玉淺笑著，輕輕摸著葉牧芝的後腦杓，她哭得好慘，那是一種既釋然又開心的笑。

啪嘰——清脆的聲音陡然傳來，宋玟玉猛地回頭。

這動作嚇到了其他女孩，吳美谷不免皺眉，「什麼聲音？有人嗎？」

「像是有人踩斷樹枝的聲響吧！」黃曉韋扶扶眼鏡，試著朝聲音方向看去，「誰來了嗎？老師？」

遠遠看去，林間不知何時起了霧，一切竟變得模糊不清，一群女孩朝聲音的來源望去，就是看不到人影。

「我……我覺得我們還是離開好了。」宋玟玉突然焦急的收拾東西，「我們離同學太遠了。」

「幹什麼啊！妳嚇到我了！玟玉！」張一秋嚷嚷起來，跟著慌亂。

「走！快走就是了，已經起霧了！」宋玟玉已經把大家的東西塞回各自手中，拉起簡單的餐墊，「還記得我們是從哪個方向來的嗎？」

「走大路吧！」葉牧芝指向兩點鐘方向，「往那邊一直走就可以回到剛剛的地方。」

吳美谷擰著眉回頭瞄向宋玟玉，「等等妳最好把事情說清楚喔！」

「好啦！」她催促著心慌的女孩們，趕緊往大路上走。

她們聽不見嗎？那沙沙的步伐，彷彿拖過了枯枝與樹葉，樹枝打顫的聲響或許不是來自於風聲，而是來自於傳說中的那、個……

「啊！我的袋子。」宋玟玉突然止步，看著空無一物的右手，「我的袋子放在那邊了。」

「我陪妳回去。」吳美谷立刻轉身。

「別了，又沒多遠，妳們快回去我們剛分配到的區域，我一下就能追上妳們了。」

宋玟玉推著吳美谷回身，轉身就往剛剛的地方奔去。

吳美谷有點煩惱，不過玟玉說得也對，不過幾公尺距離，而且張一秋都已經快哭出來了！她嘆了口氣，拉過張一秋，叫大家跟好，三步併作兩步的順著路徑找班上同學會合。

於此同時，空中出現了集合的哨音——嗶——嗶——嗶——

「同學！集合！集合了！」主任的聲如洪鐘，就算霧裡也清清楚楚。

其實他們並沒有離開主路徑太遠，女孩們急速走下階梯，看見許多學生都陸續往主任老師那兒集合，樓梯下走來剛挑釁的金毛阿架，他嘖嘖挑眉。

「跑去哪裡鬼混了啊？現在才跑回來！」

「閉嘴啦你！」葉牧芝沒好氣的唸著。

「啊……」阿架看著她們，「怎麼少一個？」

「玟玉有東西掉了去拿，一下就回來。」黃曉韋輕笑，阿架的心思太明顯，「怎麼？擔心啦？」

阿架登時圓了眼，「擔心個屁！」

吳美谷回首，準備等玟玉出現就揮手，好讓她能立即看見她們都在這裡等她。

如果，如果她有出現的話。

第一章　七彩布包

搜山一星期毫無消息，一個國中女生就這麼失蹤了。

完全沒人知道發生了什麼事，一起行動的同學們更是難以接受，明明只有幾步路的距離，玟玉不過回頭拿個小包，卻再也沒有回來；他們脫隊野餐的地方並不荒僻，距離老師淨山的範圍才不到兩分鐘距離，附近除了森林外，連階梯都沒有，但她就是這樣失蹤了。

「瘦長人？」吳美谷皺起眉，忍不住暗暗深吸了一口氣。

「對啊，大家都在傳，玟玉是不是被瘦長人抓走了？」張一秋說得煞有其事，瞪大一雙刷滿睫毛膏的眼睛。

「什麼瘦長人啊……」林靖雯略咬了唇，顯得有點緊張，「不要說那種可怕的事！」

「可是我們這裡本來不是以前就有瘦長人的傳說啊！」張一秋眼露恐懼的左瞟右看，「所以才不許我們晚上進後山！」

「啊！不要說了，好可怕！」葉牧芝掩起雙耳，她是打從心底害怕瘦長人的傳說！

是，他們這個小鎮上，老一輩一直流傳著森林裡有高瘦山靈的傳說，主因應該是因爲幅原遼闊，群山環繞，樹林遍佈，所以才會衍生這種鄉野怪談……到了現代，孩子們一查就發現，那是否就是都市傳說裡的瘦長人？

因爲這幾年都市傳說相當盛行，瘦長人、Slender Man，傳說一位瘦高無臉的男人，西裝筆挺繫著領結，卻有著詭異的身材，長長的手如同樹枝，十指如同分裂的枝椏，總是喜歡誘拐小孩……所以又有殺童魔之稱。

大人們總是刻意以此警告恫赫，讓大家都對森林深處的不明生物感到恐懼。

女孩們坐在學生餐廳裡，黃曉韋轉著筆，眼鏡下的雙眸深沉。

「我覺得現在一點都不是擔心瘦長人的時候！」她看著身邊及對面的同學們，「玟玉失蹤，別忘了全世界的矛頭都指向我們，等等還要面談！」

吳美谷厭惡的扯了嘴角，對！這就令人煩躁之處，玟玉是她們的好友，她失蹤大家都很難過也緊張，但爲什麼會針對他們呢？難道她們會把玟玉殺了嗎？

「天哪！別的不說，她姐姐就很凶了！」葉牧芝聞言立即緊張起來，「那天在警局時她超粗暴的，還直接推了一秋不是嗎？」

張一秋倒抽一口氣，想起宋玟琦也不由得害怕起來，玟玉失蹤那天大家都到警局去，一聽說大家脫隊、爾後玟玉失蹤，玟玉的姐姐竟二話不說衝過來就質問她們爲什麼要脫隊，眞的是使勁推了她一把，嚇得她心有餘悸！

「這次大家要互相幫忙，不能讓她姐這麼失控了。」吳美谷托著腮，雙眼盯著張一秋，「我說一秋啊，妳今天化妝了是嗎？」

張一秋心虛的一愣，「什麼？」

「上點蜜粉什麼的沒什麼，但是妳今天刷睫毛膏了吧？」林靖雯瞇起眼，「今天什麼日子，妳還有心情化妝？」

「咦咦？」張一秋立刻搖首，「我只是剛好買了一支新的棕色，我想試試看明不明顯而已！」

「一看就知道。」黃曉韋挑了眉，「不知道的人會以爲妳根本不在意玟玉的事！」

「我才沒有！」提到這點，張一秋就認眞的爲自己辯解，「這不相關！」

葉牧芝趕緊安撫身邊的她，「大家別這樣，一秋不會這樣想的，這是不小心……」

唰啦，餘音未落，一旁的空凳子突然坐下粗魯的男生，還滑動椅凳，「喂，妳們行吧？」

所有女生往角落看過去，男孩頂一頭漂壞的金毛好奇的問。

「什麼啦！」吳美谷沒好氣的咕噥。

「下午要面談啊，我跟小車都被叫去了。」阿架索性坐了下來，「有人在傳跟瘦長人有關耶！」

「現在瘦長人沒有比玟玉的家人可怕。」林靖雯無奈極了，「為什麼也找你去？」

「因為那天我們也有跟妳們說話吧！」小車聳聳肩，拍拍一旁的阿架，「只要有接觸者似乎都被叫去了。」

咦？吳美谷愣了幾秒，「那……周霖宇？」

「喔，他也有啊！只要那天跟妳們說話的全部都會被叫去面談！」阿架搖了搖頭，「靈玄社的都說是她被瘦長人帶走了，這個老師問再多也沒效！」

「為什麼靈玄社的人要這樣說？」葉牧芝心裡很浮躁，「說不定是個變態，然後玟玉等著大家救援。」

「因為他們最近在研究瘦長人，本月主題。」阿架一副很瞭解的樣子，「整個靈玄社都在討論瘦長人，宋玟玉的筆記本裡還自己畫了瘦長人。」

啊……黃曉韋幾分訝異，她們倒是不知道這件事！因為美谷討厭這種傳說，葉牧芝又膽小，所以貼心的玟玉向來不會在聚會時，提及她的社團跟興趣：靈異事件與都市傳說。

「這就只是都市傳說！」林靖雯像是在說服自己。

「人面魚也只是都市傳說啊。」男孩低沉的聲音在吳美谷身後響起，她挺直背脊，臉微微泛紅了。

這低沉具磁性的嗓音，是周霖宇學長吧！

「啊！」提及人面魚，牧芝難受的低下頭，她連相關新聞都不敢看。人面魚也是一個都市傳說，魚身上出現人臉，而且多半是自己過世長者的臉，一開始蔚爲風潮，世人爭相購買，最後卻造成全國大量的死亡，連他們鎮上都有死傷十數人，都是喜歡垂釣者。

張一秋越過吳美谷往後看，帥氣的學長是許多女孩憧憬的對象，她看著也不自覺的紅了臉頰。

吳美谷回首看向高大的男孩，做出一個瀟灑模樣，「是啊，都市傳說似乎變成眞實事件在上演。」

「如果認眞追蹤A大的都市傳說社，就會發現都市傳說其實一直在大家身邊。」周霖宇繞到桌邊，「鎭上一直都在講的高瘦山靈就超像瘦長人，大人說得煞有其事卻沒人見過，搞不好就眞的是都市傳說。」

「什麼意思啊？」阿架皺起眉，「你現在要說宋玟玉失蹤，眞的是都市傳說幹的？」

「我意思是，如果都市傳說會成眞，我們不能排除這個可能性吧！」周霖宇兩手一攤，「畢竟已經找一星期了！」

都市傳說……葉牧芝絞著雙手，她眞怕聽到這種，若不是現在大家都在，她平時是眞的連林子裡都不敢踏入。

阿架翻了白眼，他不相信這個，他多希望宋玟玉只是迷路，希望她快點回來……他有話想跟她說，他、他、他還沒告白啊！

來不及跟她說喜歡，爲什麼莫名其妙會失蹤？

「時間到了。」黃曉韋晃晃腕上手錶，老師約好的商談時間，大家都即將放學回家了，他們卻要到校長室去。

一群人起了身，附近的同學都投以注目禮，全校都知道那群女生脫隊野餐，也知道不過幾分鐘光景，她們一個朋友就這樣失蹤了。

聽說，是被瘦長人抓走了耶！

「就是妳們害的！」高壯的女孩不客氣的扯過林靖雯的一頭長髮，「不要脫隊、不要去偏僻的地方，她就不會出事了！」

「呀——」林靖雯頭髮被抓得吃疼，尖叫著撫著頭皮，其他女孩趕緊上前抓住宋玟琦的手。

「放手！不要抓她！」葉牧芝幫忙護著林靖雯的頭髮，避免被扯掉，宋玟琦扯得超用力的耶！「學姐，我們眞的不是故意的！」

「藉口！玟玉就是這樣失蹤了！還我妹妹來啊！」宋玟琦依然死命揪著，吳美谷見狀不爽，驀地一抬腳就踹向了宋玟琦的腹部，「呃啊！」

這一踹可沒客氣，宋玟琦痛得鬆手，一口氣還竄不上來，痛苦的撫肚趴在地上，宋家父母趕忙上前關切女兒，黃曉韋也將林靖雯往後拉，省得宋玟琦再動粗。

「做什麼，別這樣！宋玟琦！」導師這才慢慢出聲，「動手是不對的！」

宋玟琦咬著牙在母親攙扶下站起，「我妹失蹤了耶！」

「那也是失蹤，又不是吳美谷她們殺的，朋友失蹤她們就不難過嗎？妳這樣動手也太超過了。」同是三年級的周霖宇一步上前，擋在了吳美谷面前，將兩派人馬分開，「妳控制一下自己的情緒吧！」

一旁站了老師們、訓育主任跟校長，倒是沒幾個人吭聲，這種場合說什麼都不對，畢竟家人失蹤家屬情緒失控在所難免，不過……實在沒想到，三年級的宋玟琦竟這麼傷心，平時看她跟妹妹之間幾乎沒什麼互動啊！

「全都是她們害的！淨山就淨山，不是有劃分範圍嗎？脫隊做什麼？」宋玟琦氣忿難平的指向吳美谷，「離開後還放玟玉一個人，如果大家都一起行動，是不是她就不會失蹤了！」

宋父聞言，老淚縱橫，宋玟玉是他的寶貝掌上明珠，就這麼失蹤讓他心痛不已，宋母掩嘴嗚咽一聲便哭了出來，已經過一週了，大家心底都知道狀況不妙，眞要能找到早就找到了！

「這眞的是意外，我們如果知道她會出事，當然會陪著她回去拿包包啊！」吳美谷不爽的趨前，「就沒多遠也是玟玉說她立刻就來的，那只是學校後山，誰知道會發生事情！」

「我們也很懊悔，沒有人希望發生這種事。」黃曉葦凝重的解釋，「我可以理解你們的悲傷，但這件事怪誰都沒有用，怪我們更無辜吧！」

「無辜？」宋玟琦不可思議的睜大雙眼，「妳們敢說無辜？」

林靖雯嚇得縮進葉牧芝身邊，梨花帶淚的撫著被扯亂的長髮，吳美谷被激得一肚子火，氣得想上前卻被周霖宇攔下。

「這樣對話是沒有結果的，老師不是找我們來談嗎？」周霖宇回頭看著紋風不動的老師們，「老師們站在那邊，是要等我們打完嗎？」

「……」學務主任抽著嘴角，心裡怨懟著周霖宇，小屁孩也敢這樣對他說話？「是是，大家坐下吧！我們今天也是想深刻瞭解當天的狀況，說不定可以找到一些線索。」

周霖宇轉頭突然拉住了吳美谷，暗示的搖搖頭，她現在跟宋玟琦對嗆毫無益處，畢竟宋玟玉失蹤是事實啊。

學生們魚貫坐下，壁壘分明，吳美谷為首的女孩們坐在大長桌的左邊，家長跟老師就坐在右邊，面對面的氣氛依然劍拔弩張，因為事發之後，宋家完全不能接受，而宋玟玉三年級的姐姐更是怒不可遏，只要她在場，就是火爆氛圍。

老師們開始詢問淨山那天的事，其實大家都概略跟警方交代過了，但學校想要聽更仔細的細節；關於宋玟玉日常生活、言行舉止，所以今天連她社團的社長都來了。

「我們就是不想撿垃圾，累死了，早就約好要偷溜，玟玉同意還帶了零食。」吳美谷毫不避諱，是盯著宋玟琦一字一句說，「而且那天我們還特意慶祝葉牧芝保送，沒人逼她去。」

「天曉得？」宋玟琦冷冷的回道，「妳們這麼大票，同儕壓力沒聽過喔！」

「大家都是好朋友，妳說的那種叫霸凌。」黃曉韋即刻糾正，「玟玉一向是我們之間最貼心的人，大家都很喜歡她！」

「嗚……」聞言，宋母又哭了起來，「對，我家玟玉是最貼心的孩子，那孩子溫柔又善良……爲什麼，爲什麼會發生這種事。」

宋玟琦深吸了一口氣，朝左方睨了母親一眼，「好啦好啦，玟玉最貼心了，不像我！先別哭吧，媽！現在不是哭的時候。」

「對啊，玟玉人很好的，她那天帶的餅乾也很好吃。」張一秋囁嚅的說，「她就是要回去拿裝零食的七彩包，其實眞的很近的，我們以爲她立刻就會回來……」

是啊，吳美谷當時還回頭好幾次，照理說應該立刻就能見到她返回的身影，卻始終沒有看到。

宋玟玉是一回去就出事了嗎？但是大家當時都在不遠處，眞要發生什麼事情也該有掙扎？尖叫聲呢？爲什麼什麼都沒聽見？

那天，除了瀰漫的濃霧外，只有風吹枝椏的聲響，沒有任何奇怪的異常啊！

「宋玟玉離開妳們之後，都沒聽見什麼嗎？」主任問著。

一群女孩都搖頭，眞的什麼都沒聽到。

「我們還故意走很慢，想說等她，一開始還有聽見她跑走的腳步聲，然後……」黃曉韋略蹙眉，「其實我們這麼近，有狀況不可能聽不見。」

「看不見她是眞的，那時霧越來越濃……」林靖雯小聲的補充，坐在她身邊的葉牧芝卻覺得大家好像忘記一件重要的事。

思索再三，她怯生生的半舉起手。

面對的師長一怔，看著發抖的小手，不免有幾分心疼。「葉牧芝？」

「那天……突然說要走的，是宋玟玉！」她面有難色，「本來大家還很開心，但是她臉色突然變得很難看，催著我們趕快走！」

「咦？爲什麼？她有說什麼嗎？」老師緊眞的問。

「不知道，我們都有問但她不說。」葉牧芝連忙搖頭，「但天她一直看向森林深處，這個我很確定，大家都……」

她趕緊看向大家，女孩們接連頷首。

「對，那天宋玟玉是比較靜，一直看著某個地方發呆！」林靖雯也想起來了，「我們一直覺得她有事，但她眞的都不說！」

「爲了這個我們還跟阿架口角啊！」張一秋指向金毛阿架，他有些虛弱的抬首，頓了幾秒，才點點頭。

小車知道阿架因爲宋玟玉的失蹤而失魂落魄，所以把那天的事解釋一遍，還有吳美谷爲護著宋玟玉，跟他們口角的事全說了，事情間接扯到宋玟玉的社團，目光於是聚焦在與會的社長身上。

「我們最近在研究瘦長人，宋玟玉對這個傳說很入迷。」社長說得很緊張，因爲他覺得自己會成爲眾矢之的，「因爲她也很在意森林裡的事，還有老人家說的樹靈，所以……我覺得她可能腦子裡一直在轉著這件事，才會注意森林。」

宋父看著社長，氣不打一處來，「我就……我是不是就說過，不要參加那什麼亂七八糟的社團！妳就是放縱她！」

矛頭一秒轉向宋母，母親不可思議的轉頭瞪著丈夫，「我？你這麼在意爲什麼你不勸？」

「我勸得動嗎？她就比較聽妳的話啊！整個房間都是那些莫名其妙的書！」

「她就說她喜歡，你自己也說了讓她做喜歡的事！」

兩老你一言我一語，越過坐在中間的宋玟琦吵著，粗壯的宋玟琦不耐煩的緊皺著眉，怒火逐漸堆積。

「好了啦！不要吵了！」

磅！她雙掌往桌上一拍，整張桌子爲之震動！

不愧是鉛球隊的主將啊，葉牧芝看著水杯上的漣漪，宋玟琦的掌力眞驚人……不安的瞟向林靖雯，難怪靖雯會痛到哭了，頭皮該都快被扯下來了吧！

「玟琦……」父親有些心虛。

「她喜歡那些怪談早就知道了，喜歡是一回事，失蹤是另外一回事吧！」宋玟琦不耐煩的嚷嚷，「難道是瘦長人拖走她的嗎？」

咦？這瞬間，整間屋子的人全部略抬起頭，不約而同的看向了宋玟琦。

是瘦長人拖走宋玟玉的嗎？或是，眞的有瘦長人嗎？

這是每個人心底的疑問，也是大家心中的恐懼啊，從她失蹤開始就甚囂塵上的傳，怎麼不令人心慌？

「說、說什麼呢！」校長趕緊緩頰，「什麼瘦長人，那只是傳說而已，別亂猜！宋玟玉的失蹤警方會積極調查的！」

「宋玟玉最近有跟妳提過什麼事嗎？」導師有些不安的問向宋玟琦，「如果照葉牧芝她們說的，她是不是在恐懼什麼？」

「我不知道，我們不太說話，一人一間房間放學後都各自做功課。」宋玟琦聳了聳肩，「但她房間裡滿滿的都是……」她看了社長一眼，「瘦長人的筆記。」

社長有點緊張，只是緩緩點著頭，「這就本月討論重點啊……」

老師們互看著，不管怎麼問，方向最後都指向了瘦長人。

「宋玟玉平時除了跟妳們在一起外，還有聽過她跟誰比較好？」主任巧妙的誘問，「或是她有沒有……男朋友？」

咦？宋家三人不約而同的看向發問的主任，男朋友？阿架甚至抬起頭來。

「沒有吧……」張一秋蹙了眉，她沒聽說過啊，而且宋玟玉每天都跟她們在一起，「有聽玟玉說過嗎？」

女孩們一個看過一個，大家都皺著眉搖頭，沒有徵兆啊。

「她完全沒提過有喜歡的對象。」黃曉韋瞥向了周霖宇，「噢，說過周霖宇很帥之類的倒是有。」

「全校有一半以上的女生都這樣說過好嗎！」林靖雯好笑的說著，學長就是個迷人醒目的存在啊。

周霖宇有些靦腆，他的確因爲身高與顏值在校內受到矚目，但是他可跟宋玟玉一點兒關係都沒有。

「我喜歡她。」

驚人的角落，傳來阿架毫不保留的話語。

傷。

每個人朝坐在後門前的金毛學生望去，阿架掛著凹陷的眼窩，依舊無力悲

隔壁的小車嘆口氣，只能點點頭，「我大哥喜歡她一陣子了。」

咦咦？同一排的女孩沒禮貌的張大嘴，每個都瞠目結舌，唯吳美谷淺笑，她早就知道了，要不然阿架不會那麼愛在她們身邊轉。

「我應該早點表白的……爲什麼我沒早一點說？」阿架滿心都在懊悔這件事，「她就這樣失蹤了，我連說的機會都沒有了……」

「說什麼！你們只是國中生，交什麼男朋友！」宋父不爽的低嚷，「這年紀不好好唸書想什麼交男女朋友！」

「就是！我家宋玟玉以後要去S市唸大學的！而且……」宋母眼中透露出赤裸裸的厭惡，看那染到都壞掉的頭髮，這一看就知道不是什麼功課好的孩子，衣衫不整、品性差劣！「就算小玉在也不會喜歡你。」

「少以貌取人好不好？阿架就是人GY了點，但個性不差好嗎！」吳美谷不爽的擊桌，「宋玟玉平常跟他也很近！」

美谷！黃曉韋立刻推了她一下，「不要說這種令人誤會的話！阿架就是喜歡找玟玉麻煩，應該是因爲喜歡，但他們沒有在交往！」

葉牧芝連連點頭，「除了我們之外，宋玟玉其實沒有跟班上幾個人好。」

「我相信啦，因爲沒幾個人能接受那種怪胎！」宋玟琦懶洋洋的說著，父母瞪圓了雙眼，「看什麼！她就是怪啊，大家都知道！你們那天進房間不是被嚇到了嗎！一堆手繪瘦長人就貼在牆上，嚇死人了！」

宋母倒抽一口氣，是啊，女兒失蹤時她慌張的衝進房間，一進門差點沒被嚇死，宋玟玉的房裡到處都是貼著瘦長人的手繪稿，有傳單背面、有筆記本，還有用五張紙拼起來的長型瘦長人……黑色的西裝、扭曲的身體與如樹枝般的手，眞的嚇死她了。

「網友呢？」老師再問了。

老師們一再追問，就是想找出一個可能帶走、綁走宋玟玉的人。

但是他們這個鎭才多大，地處偏遠又純樸，事實上能到這裡的外地人根本不多，而且一進來就會被知道的醒目吧。

吳美谷後來完全不耐煩回答問題，林靖雯也趴在桌上，黃曉韋跟葉牧芝扛起回答的重責，張一秋負責瞄著周霖宇，雙頰酡紅，她好喜歡學長呢！

一直到日落西山，無趣的會議終於結束，眾人魚貫走出，宋玟琦依然是那樣的劍拔弩張，說著妹妹一日不回來，就全是她們的責任，她絕對不會放過她們！

宋母朝她們頷了首，緩頰說玟琦的個性比較強烈，還請他們包容。

阿架依然在長嘆中，垂頭喪氣的由小車陪伴往前，一群人在二樓的走廊上看著橘紅色的夕陽，誰都沒想到有這麼一天，他們的身邊失去了一位好友。

「沒事吧？」周霖宇突然問著。

「嗯？」林靖雯一怔，瞬間紅了臉，「沒沒……沒事！」

「我看她拉得很大力，眞的還好？」

林靖雯尷尬的點頭，喔喔喔，學長問她耶！「一點點痛而已。」

「我都不知道她們姐妹有這麼好，現在宋玟琦完全怪罪妳們，妳們還是盡量不要落單的好。」周霖宇望著已經遠離的宋玟琦背影，「她鉛球隊的力道……」

「放心，我們會注意的！」吳美谷即刻接口，「她說的我不逃避，但也不能由她這樣欺負我們。」

周霖宇點頭如搗蒜，「那就好。」

夕照映在他俊俏的臉上，揚起了一絲放心的微笑，看得一眾女孩心花怒放。

雖然只是國中生，還是難掩稚嫩的年紀……但問題是她們也全是國中生啊！

葉牧芝心情相當低落，失蹤一週代表凶多吉少她不是不知道，但她不明白爲什麼好端端的會有人要綁架玟玉？意外？有心？還有她注視的林子深處到底有什麼？

「同學。」低沉的叫喚聲讓大家止步，回身才想到還有靈玄社社長。

張一秋看到社長都會不安，她本身就挺怕這些傳說的，「你不要說些有的沒的喔。」

「我們覺得可能眞的跟瘦長人有關。」社長眼神非常認眞，反而叫人發寒。

黃曉韋扶扶眼鏡，不耐都充塞在動作裡，「瘦長人這件事本身就是——」

「是眞的！宋玟玉找到了很多資料！」社主略微激動的嚷著，「宋玟玉說她找到，我們這個鎭眞的發生過事情、有人見過瘦長人!!」

這番話讓所有學生都錯愕，連阿架都疾步折返，一把揪起社長的衣領，「馬的咧！你再在那邊給我胡說八道，就算是瘦長人好了，那他會把宋玟玉帶去哪裡？」

呃……社長被揪得踮起腳尖，「知……知道的話，就去救她了啊！」

葉牧芝不停搖著頭，掩耳就往樓下奔去，她們當中最膽小的就是葉牧芝了，尤其對森林、對瘦長人有著深刻的恐懼！

「牧芝！」林靖雯嚷著，追下去前不忘瞪了社長一眼，「都你啦！」

跑下一樓的葉牧芝嚇得心跳得好快，沒事沒事，她不想想太多，沒有瘦長人這種……嗯？

她突然被什麼吸引了注意力，在行政大樓前方是一大片沙土地，學生們都在打壘球，再過去則種有一排高約兩樓的白樺樹當作邊界，學校圍牆只有半人高，但圍牆外還種了一大排的白樺樹，根本沒有翻牆出去的可能性，牆外一般就是馬路了。

葉牧芝是面對西方，這樣望過去，可以瞧見橘色的夕陽彷彿垂於樹木間，因爲只要不正面直視夕陽便不甚刺眼，所以她在一片漫天橘彩裡看見了有點突兀的色彩；拿起手機拍照，再趕緊放大仔細端詳——咦？

「牧芝……」林靖雯最先追下來，「沒事啦，妳別聽那個社長亂說，他們就靈玄社的啊……妳幹嘛!?」

葉牧芝抬起頭的神色瞠目結舌，呆呆的望著朋友，把手機翻給她看，林靖雯愣愣的靠近，放大的照片裡，是一個五彩鮮豔的束口布包。

「欸——」她吃驚的欸了聲，葉牧芝已經轉身跑下兩階的小階梯，直接橫過壘球場朝對面的白樺樹奔去了！「葉牧芝！」

「怎麼了？她去哪裡？」吳美谷悠哉悠哉的下樓，卻只見葉牧芝的背影。

「那棵樹上——」林靖雯指向某棵樹，「上面掛著宋玟玉那個糖果包！」

什麼!?連吳美谷都驚訝的朝她指的方向看過,「哪個?」

「是那個手做的彩虹……」黃曉韋急忙往前,扶著眼鏡瞇起眼……她看見了!

宋玟玉的彩虹包非常耀眼,因爲七彩顏色都是螢光色澤,與她的人並不搭調,但那卻是宋玟玉親手所做,她最珍愛的小包;圓形束口袋直徑有十五公分大,攤開來更廣,失蹤那天,她就是用那個包裝著零食來的,也正是爲了回去拿那個包而失蹤。

那個束口袋,爲什麼會出現在這裡?難道說——

「宋玟玉回來了嗎?」黃曉韋驚呼出聲,兩個女孩倏而對視,下一秒跟著追上前。

才下樓的張一秋怔怔的望著朝對面奔離的其他同學,丈二金剛摸不著頭腦。

「怎麼了嗎?」其他人陸續下樓,不解的問。

「我不知道耶,她們跑到那邊去要做什麼?」張一秋邊說,一邊偷瞄著就站在她身旁的周霖宇,厚厚,學長跟她說話呢!

「嗯……我去看看好了。」他歛了下顎,總覺得不太尋常的跟著跨步上前。

心上人要去,張一秋沒有待在原地的理由,最後變成一堆人分批的朝向白樺樹前進，而最後下來的阿架跟小車倒是沒留意這景況。

跑在最前面的葉牧芝一路衝到那棵樹下，才發現東口袋在她們搆不到的高度，遠遠的看覺得可能在一樓的高度，但現在站在樹下，卻異常的高，那是人力不可爲之處。

「怎麼會……」葉牧芝昂著頭，一般人根本不可能把包包掛在那麼高的地方！這是怎麼放上去的？

風？不可能啊，宋玟玉的布包可沒那麼輕，風怎麼可能吹得動那麼重的東西，且這裡距離後山……葉牧芝下意識朝西方看去，遠處青山蓊鬱，就算行走也要走個半小時的路程，風不可能吹得那麼……遠。

沙喀沙喀……風吹樹稍，枝葉亂顫，發出喀喀聲，連那布包都跟著風吹動的搖晃。

才要正首往上瞧的葉牧芝，卻看見了白樺樹的影子，往左移了一步。

夕陽下整棵樹的影子被拉得好長好長，但並非左右搖擺，切切實實的移動了一步……才在錯愕之際，那棵樹硬生生的往旁再「跨」出了下一步——咦！

葉牧芝登時僵住身子，她顫巍巍的抬頭，看那掛著布包的枝椏……或者說是勾著布包的「手」。

幾乎與白樺樹一般高的男人自樹後步出，他的影子與夕照及樹影重疊，穿著黑色的西裝，雙手細長一如樹枝，指節上就勾著宋玟玉的七彩布包，葉牧芝顫抖著不敢再往上看，不敢去確認那張臉……是否有五官……

「妳跑那麼快……」林靖雯跟著奔至，還沒到她身邊就愣住了。

「哇啊——哇啊啊啊啊——」

她朝上望去，她看見了，那個西裝筆挺的男人有一張蒼白削瘦的臉——但是他沒有五官，完全沒有！

瘦長人！

第二章 求援

A大的石板大道最末間的教室中，電視的聲音飄送而出，這區教室幾乎無沒人在此使用，於是成爲了「都市傳說社」的社團辦公室。

從都市傳說「第十三個書架」中取出的殘骸木板，就懸掛在走廊牆上，以強勁有力的書法篆刻上「都市傳說社」幾個大字；一位高頭大馬的男生正拎著一袋剛出爐的麵包，大步的朝著走廊末端的教室走去。

一進門看見的是門邊一具假人模特兒，這是社團特別的「衣帽架」，一半是具六塊肌的模樣、另一半卻是像解剖教學的肌肉束圖，自額頭開始一路到腰部，一半正常、一半肌肉束，相當詭異。

聽說這是「試衣間」都市傳說的某位受害學長，創社外加失蹤的夏天學長把這位學長帶出來前，他早已被剝掉半邊的人皮，他們千鈞一髮逃出服飾店後，活生生的學長卻變成了假人模特兒。

不知道學長是否具有意識，但這也是鎮社之寶之一，必須好生對待。

模特兒旁的電視正在播放新聞，正是近來沸沸揚揚的「瘦長人」。

「還沒找到嗎？」蔡志友將手裡的麵包朝前方的桌上扔，這是用六張課桌椅拼起來的社辦茶几，「剛出爐的。」

「你問人還是瘦長人？」與大桌呈現垂直向、正對著門口有兩張方桌，簡子芸從筆電後探頭。

「……瘦長人。」蔡志友不想說謊，雖然失蹤的女學生也很可憐，但是他比較在意瘦長人。

早坐在茶几邊看新聞的汪聿芃愉快的起身拉過塑膠袋，把裡頭的麵包全給拿了出來，「熱騰騰的耶！你吃什麼口味？」

「我已經拿了。」蔡志友晃晃手裡的奶油麵包，「怎麼只有妳們兩個？其他人咧？」

下午三點，大家都有課嗎？

「小蛙好像交女朋友了，哪有空！」簡子芸笑了笑，從桌後繞了出來，「康晉翊有課，童胤恒的話……」

她斜眼瞥了拿起菠蘿麵包就要啃的汪聿芃，她回以愕然的眨眼，「什麼？」

「童子軍去哪裡要問妳啊！」蔡志友也若有所指。

「我不知道啊！」她倒是泰然，雙眼繼續目不轉睛的看向電視新聞。

副社長簡子芸撿了個蔥香麵包，順道爲康晉翊留下他愛吃的花生口味，轉身擱到與她比鄰的辦公桌上去。

背景音的新聞正在播報各家媒體群湧到K鎮上，試圖拍下瘦長人的影像，媒體們甚至在樹林間安裝了攝影機，就希望能拍到瘦長人的身影，不過截至目前爲止，一無所獲。

『據我們探訪得知，原來K鎮古老的傳説中，就有位高瘦樹靈，大致外型極符合都市傳説的瘦長人。』記者説得繪聲繪影，『我們試著詢問是否眞的還有見證者活著，但鎮上的老人家均搖手説那只是一代傳一代的口語傳説，也沒有什麼失蹤事故過，中生代明白指稱這是無稽之談。』

『但是，據調查顯示，K鎮在六十餘年前，切切實實發生過失蹤事件，至今仍是懸案，這個在警方紀錄上是無法抹滅的。』記者嚴肅的皺起眉，『只是事隔過久，當時的相關人士都已經不在人世，究竟是單純的失蹤案？或是跟著與都市傳説有關呢？』

鏡頭下一秒切到一張泛黃的手寫筆錄，上頭的的確確寫著「目擊者恐懼的不停重複説著看見高瘦的男人，嫌犯穿著黑色的西裝，身高超過兩公尺或更多，手臂纖細，手指像樹枝一般，而且看不清五官。」

『儘管警方最後判定目擊者是因爲驚恐過度，將黑夜中的樹木看成了人，且醫生也認定是精神失常，但就目擊者形容的模樣，幾乎與傳説中的瘦長人一模一樣！』記者身後是一整排白樺樹，『而今，瘦長人不僅僅在樹林裡，就在數日前，有學生便在校園旁看見了瘦長人，難道瘦長人離開了森林嗎？』

鏡頭開始帶遠景，拍攝著整個K鎮風光，先是校園旁的白樺樹，再來是遠處層疊的山巒，這裡較之於市區的確是比較純樸的鄉下地方，放眼望去幾乎沒有高樓大廈，每一戶人家都是至多三樓的透天厝。

包圍著K鎮的山也不高，山裡本就樹木蓊鬱。

「現在沒有人不信都市傳說了。」蔡志友饒富興味的說，「以前如果有這種新聞，大家多半是嗤之以鼻，當茶餘飯後的談資而已。」

數月前發生了人面魚事件，大量的魚身上浮現人臉，而且還是許多人逝去親人的臉龐，進而造成搶購風潮、最後卻也導致這些購買魚的消費者，竟在颱風天去淨海淨灘，一個個不顧一切的往海裡跳，數天後便是佈滿海岸線、密密麻麻的腐敗屍體。

那些之前對人面魚斥以荒唐的人再也說不出話來，這一遭變故致使國內人口大減，都市傳說成為現實，成為一種人人既好奇卻又恐懼的事實；過去辱罵「都市傳說社」怪力亂神的跡象不再，也沒有人找社員麻煩，但也沒有爆發加入潮，因為人們現在對於都市傳說已成一種敬畏。

畢竟，「都市傳說社」的人，很奇妙的比一般人更常遇到都市傳說啊！

「我比較在意那個失蹤的女學生，怎麼沒人提她？」簡子芸拿起遙控器轉著台，一旁的汪聿芃自在的咬起麵包，「都幾天了？之前還有看到……」

「十天。」汪聿芃答得自然，從幾天前有學生親眼見到瘦長人後，就沒人再報導那個失蹤女生的事了！

「有夠現實……失去新聞價值嗎？」蔡志友冷冷一笑，「但大家不是認爲她可能是被瘦長人綁走的？」

「媒體在意的是瘦長人，不是被綁走的女生吧！」簡子芸略咬了咬唇，「不過都十天了，感覺……」

失蹤者的黃金救援期是七十二小時，已經過了這麼久，每個人都心知肚明，只怕已凶多吉少；就算不是被擄走，單純只是意外在山裡迷路，一個普通的學生要撐過十天也不容易。

「我們的網頁被留言灌爆了耶，一堆人都在問瘦長人的事。」蔡志友滑著手機，「我記得學長姐們有整理過這個都市傳說啊！」

「那是經典的都市傳說啊！」簡子芸嘆了口氣，她當然知道網頁被灌爆了，每個人都在問究竟怎麼回事？

「都市傳說社」不過去看一下嗎？是眞的瘦長人出沒了嗎？他離開了樹林會

到別的地方嗎？會發生跟人面魚一樣的事故嗎？你們能不能找到瘦長人或是那個女孩？去救救那個女孩啊！

連康晉翊都不知道該怎麼回，整個社團網頁處於留言持續增加中，瘦長人一瞬間變成他們的責任。

奔跑足音在走廊上紛沓，汪聿芃第一時間起身，他們社團是在石板大道的末間教室，這裡幾乎沒有人會來，這足音鐵定是向著他們來的，問題是——誰會跑得這麼急？

她扔下麵包就往門口衝，探頭往右望去，果然瞧見康晉翊急奔而至。

「關後門！」康晉翊焦急的朝著汪聿芃揮手，「快點把後門關起來，等等準備幫我！」

而他的後面，居然跟著了一堆……呃，汪聿芃一怔，「有記者！」

天哪！蔡志友當下跳起，即刻衝到後門將門關上，簡子芸也沒閒著跑到窗邊，把面對走廊的窗戶全部鎖上，幸好上週童胤恒突然說陽光很刺眼，大家去買了遮光窗簾，把整條面對走廊的窗子全部都遮好遮滿！

汪聿芃半掩著門，就等著康晉翊閃身跳進教室的那瞬間——關門，上鎖。

「我跟童胤恒他們說一聲！」簡子芸衝回茶几邊抓起手機，傳訊到群組裡，通知還沒進來的人小心外頭！

這廂康晉翊靠著門還在上氣不接下氣，背貼著的門板就傳來激動的敲擊聲。

「都市傳說社？你們都看到瘦長人的事了嗎？請問你們知道些什麼嗎？」

「這個瘦長人是真的嗎？他會不會跟人面魚一樣帶來什麼嚴重的災害？」

「你們知道那個失蹤的女孩在哪裡嗎？是不是能推斷出瘦長人藏身在哪裡呢？」

「能幫幫那個女孩嗎？或是告訴我們要怎麼對付瘦長人？」

「瘦長人只有一個嗎？請出面說明一下吧！你們當初都能警告大家人面魚的事了，對瘦長人的事情一定知道些什麼吧！」

康晉翊轉身看著震動不已的門，他現在真怕門會被這些鯊魚般的記者們撞開，而他們轉眼便被生吞活剝。

「還好嗎？」簡子芸上前，拉過他的手，「他們怎麼攔到的？」

「他們直接到我上課的班上去找我，我上一堂是英文課。」康晉翊渾身冷汗，「我完全沒辦法上課，直接就衝出來了。」

難怪……蔡志友看了看錶，現在就不是下課時間啊。

「直接到班上去嗎！真慘，豈不是影響大家了！」蔡志友搖了搖頭，影子從門下移到窗子邊，他們真的在敲著玻璃窗。

汪聿芃看著窗外黑壓壓的人影，不由得歪了頭，「所以這是我們的責任嗎？」

「當然不是。」簡子芸將剛特意留的麵包放到康晉翊面前，「你先冷靜，吃點點心，蔡志友買的喔！」

蔡志友緊繃的坐下，完全無法放鬆，「小蛙跟童子軍呢？跟他們說千萬不能夠回到社辦。」

「我剛已經發了！」這時候回來，哪還有全屍可言。

「嗯……」汪聿芃逕自摩娑下巴沉吟道，「我倒是可以出去發個言啦——」

唰啦！康晉翊立即起身，蔡志友都已經來到他身邊，輕輕的拉過她的手肘往桌邊帶。

「行行好大姐，妳上次面對群眾時的反應，我們完全不好收拾。」康晉翊誠懇的說著，「這妳吃一半的是吧？妳就坐下來吃點心，看看新聞……」

才一正首，就是瘦長人的新聞，康晉翊臉色一沉，跟著又重重嘆了口氣。

「既然大家對人面魚的事心有餘悸，這些人還跑去樹林裡裝攝影機？想要拍瘦長人？」康晉翊撫著頭坐下，「他們就不怕真錄到，會出什麼事嗎？」

「他是媒體，天不怕地不怕。」蔡志友一邊說，一邊不爽的反手一拳擊在門上，「滾開！」

碜碜碜，這一擊彷彿是回應似的，記者們瘋狂的不停拍著門，就期待他們能給個回應。

汪聿芃很認眞的想出去幫忙回答，但是全社的人堅決反對。

「瘦長人是很古老的都市傳說，我倒是沒想到會出現。」簡子芸早就已經做好研究了，「當年學長編輯的部分，我又多塡了些上去，讓他更完整，越寫卻覺得越……」

「神祕。」康晉翊接了口，他當然知道。

從失蹤女孩的新聞爆發後，瘦長人一詞就廣爲流傳，身爲「都市傳說社」的一員自然會去查找所有與瘦長人有關的都市傳說。

他就是一個由來已久、卻沒有極詳細記載的都市傳說，

「跟菊子一樣嗎？」汪聿芃托著腮問。

「菊子？菊子還清楚多了，至少年代跟人都清清楚楚！」簡子芸咬了咬唇，「瘦長人就是那種……感覺很可怕，但又說不出他到底想幹嘛的都市傳說。」

叩！敲玻璃的聲音突然從教室的另一面傳來，也就是簡子芸桌子的背後的窗

子，石板大道的教室一邊是面對大道，另一面是學校的花圃小林，所以這邊是沒路進來的！

不過，現在那兒出現一張陽光帥氣的臉龐，敲著玻璃呼喚。

「童子軍！」汪聿芃趕緊趨前，爲他打開窗戶，「你怎麼從這裡來啊？」

高大的童胤恒二話不說從窗子那邊翻進來，身上到處是樹葉，臉上跟手臂上也都有被樹枝刮傷的痕跡，這片林子與灌木叢又密又矮，也眞辛苦他了。

「我哪可能放你們在這裡！我剛觀察過，外頭好大陣仗耶！」童胤恒拍拍身上的塵土落葉，「至少幾十人跑不掉。」

汪聿芃踮起腳尖，爲他取下髮上的葉子，這舉動可愛得讓他回眸輕笑，還刻意俯頭，好讓她拿得乾淨。

哎唷！蔡志友顫抖，渾身都起雞皮疙瘩，這對也太明顯了吧！

「現在只要有都市傳說出現，好像是我們的責任似的，剛剛他們還要我們協助尋找失蹤少女。」簡子芸搖了搖頭，只覺得荒唐。

「也是不意外，畢竟人面魚時我們早提出警告，加上後來發生的悲劇，大家自然會覺得我們最熟悉都市傳說。」童胤恒將背包放下，「我也是想說，要不要試著看看能不能幫忙找出失蹤的少女？」

蔡志友略蹙眉，「現在是打算跟都市傳說搶人嗎？」

「還不一定是都市傳說，不過……」童胤恒若有所指的瞄了汪聿芃一眼，「如果眞的是瘦長人的話——」

汪聿芃這時應該要跳起來說，一定要去看看啊！

不過，女孩坐回原本的位子上，拿起桌上未竟的麵包，平淡的咬了一口，嗯。

預料中的戲碼沒上演，讓童胤恒有點錯愕，他暗自瞄向了簡子芸，她使著眼色表示從瘦長人的事件發生至今，汪聿芃一反常態的完全興趣缺缺。

汪聿芃一直是個怪人，小蛙口中的外星女，想法跳躍，卻總能看見大家見不到的事物；曾上過如月列車，見過「都市傳說社」的創社社長：夏天學長，也曾遇過血腥瑪麗，是都市傳說方面經驗值很高的人。

與童胤恒曾在血腥瑪麗的相關案件中認識，爾後他們考上同一所大學，童胤恒喜歡都市傳說所以入社，汪聿芃則是從無感到好奇，進而變成熱血的一員，甚至自製了「都市傳說集點卡」，以收集遇到的都市傳說爲職志。

「我其實也是想看，都市傳說社的誰不想？」蔡志友敲著邊鼓，「認眞算過，到K鎭也不過六小時車程。」

「可以搭快車，稍稍縮短時間！」康晉翊從書包裡拿出上課塗鴉的筆記本，「我搜集了這次新聞的資訊，發現事發的K鎮的確有個由來已久的高瘦樹靈，不過記者說的失蹤案在新聞跟網路上沒有記載。」

「年代太久，活著的太少，現在的鎮民不是不說就是表示根本沒那回事。」簡子芸雙眼跟著發出光芒，如何將社團的瘦長人傳說補足精華……

每每討論到這當口，汪聿芃多半都是喊著立刻走的那個，但現在的她卻雙眼專注的凝視著麵包，一點兒都不爲所動。

「妳不想去嗎？」康晉翊也不拐彎抹角，汪聿芃有點怪。

「沒很想。」她也直截了當，朝著坐在右邊的童胤恒一笑，「滿了。」

滿了？康晉翊一怔，朝斜對角的蔡志友看去，誰聽得懂汪聿芃在說什麼啊，那跳躍式的想法，只有童胤恒跟得上吧。

「是嗎？的確是滿了啊……」童胤恒看向同伴，「都市傳說的集點卡已經滿了。」

汪聿芃眞的太反常了，照道理說，她每次都是最積極的人啊！

「啊問題是妳現在集了十點，再怎樣也要集滿兩張吧？」簡子芸心裡其實覺得這理由很扯，喜歡都市傳說的人，怎麼會因爲區區集點卡滿了就停止呢？

這種況不是要越集越多，然後換超級限量版嗎？

「不知道耶，我對這個沒有興趣！他太無聊了！」汪聿芃還失望到垂下雙肩，「就只是長得很高，到處誘拐小朋友，然後呢？」

「喂喂，誘拐小朋友就很不得了了！」簡子芸嘖嘖的敲著桌子。

「但普通人也很常在誘拐小朋友啊！」汪聿芃將吃完的麵包袋好整以暇的折疊妥，「我找不到特色。」

哎，簡子芸瞬間覺得接收到挑釁了。

「特色是嗎？」只見她雙手抱胸，連筆記都不看的如數家珍，「說出瘦長人的特色，身高，專門誘拐小孩，不論男女，傳聞中只要見到瘦長人不是失蹤死亡就是發瘋。」

「被催眠就很匪夷所思了，有一說的瘦長人是沒有五官的，他才是正港的無臉男。」康晉翊跟著補充，「究竟用什麼催眠？催眠後爲什麼每個人都會走向瘋狂？」

「童胤恒其實對瘦長人並沒有很大的感覺，「我一直不覺得他哪裡恐怖，但如果做爲一個孩童誘拐犯，是夠可惡的沒錯。」

「嗯哼。」汪聿芃認眞的應和，「所以我覺得有點無趣啊！」

「但、是——」童胤恒旋即補充，「這畢竟是瘦長人啊，是都市傳說，風行已久卻無人親眼見過的都市傳說！」

「對啊，他到底身高多高？是手指眞的跟樹枝一樣嗎？」蔡志友忍不住興奮起來。

「他眞的沒有五官嗎？」簡子芸多想親眼看看，瞧不見的瘦長人該怎麼追蹤或是擄走孩子？

「那些被帶走的孩子，去了哪裡？」康晉翊腦子裡浮現的是陰森的林子深處，有著怎麼樣的一個地方，是瘦長人的歸屬之地？

童胤恒望著汪聿芃，她眉頭卻越皺越緊，陷入一種苦惱與沉思。

這不像汪聿芃！童胤恒覺得太詭異了，照理說想探究的她，不可能會這麼無動於衷啊！

「同學，請看這邊！葉同學請等等！」

「喂！你們讓開好嗎？」男孩的聲音不爽的響起，「走開啦！你們擋著路要怎麼過？」

這陣騷動引起了都市傳說社裡所有人的注意，他們望向氣窗，其實現在是白晝，都還能看到一堆閃光燈在走廊天花板上閃出的銀光。

「同學，看這裡一下！妳特地來A大是來找都市傳說社嗎？」

「同學，妳是不是來向都市傳說社求救的？」

「妳那天看見瘦長人後有什麼變化嗎？」

咦？這瞬間所有坐著的人都起身了，椅子拖曳聲此起彼落——看見瘦長人的人？

「對不起，請你們……請你們不要擠！」女孩哽咽的聲音隨之傳來，聲調裡夾帶著恐慌。

童胤恒哪可能受得了，她聽起來很害怕又無助啊，大步一跨就往前門去，還是蔡志友及時扣住他的上臂攔下他。

「不要衝動。」蔡志友嚴肅的低語，看向站在對面的社長與副社長。

這門一開，事關的不是他的熱血心腸，而是「都市傳說社」要不要管這件事。

康晉翊略握了握，其實答案早就呼之欲出，他很快用力點了點頭——他們要去！

童胤恒即刻伸出手，拉開門子，唰啦的打開了門。

這動作讓走廊上所有人聲動作瞬間凍結，不管是包圍著少女的記者們、或是正準備動粗的金髮少年，甚至是那個縮著身子淚流滿面的少女，全都呆傻的看向敞開的「都市傳說社」。

葉牧芝抬起頭，可憐兮兮的與童胤恒四目相望，她甚至穿著這幾天在新聞裡播爛的國中制服，阿架就陪在她身邊，面對著突然出現的大學生也緊張起來。

沒多說半句，哭紅雙眼的葉牧芝竟啪噠地直接跪下！

「咦！同學！」童胤恒嚇到了，簡直措手不及。

「求求你們，幫幫我們！」她仰頭哭了起來，「救救玟玉！」

無論怎麼轉，各台新聞畫面都是葉牧芝跪在「都市傳說社」前門廊下，門口呆站著傻住的童胤恒的畫面。

爾後康晉翊出現將兩位學生請進社辦，蔡志友出現擋在門口不讓媒體跟進，一陣混亂之中，一頭灰紫髮的小蛙一路飆髒話一路突破重圍，終於也跟著鑽進了社辦裡。

幸運的是完全把媒體阻絕在外，不幸的是……

「可以叫 Uber eat 嗎？」汪聿芃雙手撫著肚子，一副痛苦的模樣，「我好餓喔！」

走廊上人聲鼎沸，媒體完全沒打算離開的模樣，都已經八點了，每個人都快餓翻了。

「對不起……」葉牧芝絞著裙角，囁嚅的低著頭。

「你們沒來前記者就在這裡了，不是你們的錯。」童胤恒永遠不負於他童子軍的外號，「只是他們窮追不捨有點煩。」

「我想沒得到答案前不會罷休的，而且這位葉同學又從K鎮來了……」蔡志友中肯解圍，並不時揭開窗簾往外頭看，看起來記者們要長期抗戰了。

小蛙饒富興味的瞅著葉牧芝，「喂，妳是眞的親眼看見瘦長人嗎？」

葉牧芝當場倒抽一口氣，抬起頭來望著一臉凶樣的小蛙，「我……我……」

「不是說看到就會發瘋嗎？」小蛙驀地逼近了葉牧芝，她嚇得貼上了椅背，「瘦長人眞的沒有五官嗎？」

「喂！不要嚇他！」阿架趕緊上前，「她已經夠害怕了！」

「我也很好奇，瘦長人眞的沒有五官，所以……是一張平滑的臉？」康晉翊也忍不住好奇心。

只見葉牧芝搖著頭，拼命的搖頭。

「我只有看見下半身跟影子……我以爲那是樹，但卻看到一雙腳從樹後走出來……他眞的穿著西裝褲，那雙腳好細好長……」葉牧芝說這些話時聲音都在抖，「細到不像是人……」

「那是都市傳說，他本來就不是人。」汪聿芃歪著頭下了註解，「所以眞的是妳看見瘦長人了……那個離開森林裡的瘦長人。」

「不只是她，還有別的同學也看到了！不是眼花！」阿架趕緊佐證，「就算不是瘦長人好了，一棵樹眞的邁開步伐走路也很嚇人好嗎！」

「哇……哇哇哇！」簡子芸忍不住讚嘆，「我心跳得超快！」

「我超懂！有人證，而且又離開傳說裡的森林……」蔡志友搖了搖頭，嘴角掩不住笑，「我來查班次時間，喂，你們怎麼來的？報一條最快的路線吧！」

阿架跟葉牧芝一怔，在叫他們嗎？阿架立即點頭上前，「有點遠，我們一大早就出發了。」

「那我們明天跟學校請假，這樣就有三天連假可以去K鎭一趟。」簡子芸也即刻安排，「你們那邊有飯店嗎？」

葉牧芝愣愣的坐在原地，一切跟夢一樣，她只是抱持姑且一試的心理來而已……因爲她眞的看見瘦長人了！雖然沒對上眼，但那就是瘦長人！都市傳說既是真的存在，偏偏所有人根本束手無策，記者們只是添亂，爭著放監視器、沒有一個人關心宋玟玉的下落！

而且，她甚至覺得那根本是打草驚蛇，這麼多台監視器日夜錄影，卻從未拍到過瘦長人，這豈不是更詭異了？

於是，她想到了可能瞭解這一切的——A大的「都市傳說社」。

「有……有住的地方，沒問題！」葉牧芝說得心虛，有問題也要說沒問題！

「那就這樣吧，我們明天一早就前往K鎮！」康晉翊瞧了眼國中生，「你們兩個就暫時先住在我們這裡吧，我那邊有空間，男生跟我一起，女生的話……」

「住我那邊，空間很足。」簡子芸親切的微笑，「不過，你們要在這邊過夜的事，得跟父母說一聲。」

國中生，怎麼樣都未成年，敢這樣翹課的跑到這兒來找他們，不是膽大就是已經走投無路了。

「好……好！」阿架連忙點頭，「只要能幫我們找到宋玟玉，怎樣都可以！」

「感情真好耶！」小蛙一臉笑，「那個失蹤的不會是你女朋友吧？」

咦咦？話音未落，阿架當即滿臉通紅，「沒、不不不是啦！」

葉牧芝竊笑，真的不是男女朋友，但是阿架喜歡玟玉很久了。

社團的人開始商量要做的事，首先是要避開那群媒體，童胤恒提出他進來的方法，所有人望向另一邊漆黑的矮樹叢，總覺得這不是個辦法。

「我們出去發表聲明好了！」最終還是選用調虎離山，「剩下的人趁機把葉牧芝他們帶走。」

「我懷疑媒體會這麼傻嗎？應該會派人留守跟拍。」蔡志友不認爲這麼容易可以逃離，「我建議直接找警察最快！」

「這倒是個方法，但是，一樣要給他們想要的答案，否則媒體不會善罷干休的。」童胤恒已經著手聯繫，「我們請警察來，帶記者們離開石板大道，到別處去公開說明，其他人再帶同學們離開。」

這的確是最佳方式，沒給個說法，是無法滿足嗜血媒體的。

「所以照實說嗎？」葉牧芝緊張的說。

「對啊，照實說，就說我們會去K鎮，但是——」康晉翊揚起微笑，「媒體必須撤出那邊，因爲那會影響我們探究都市傳說，可能導致救不出宋玟玉等等……」

反正到時再加油添醋說些可怕的事情，逼公權力讓記者們退出就是了！二十四小時的監視卻什麼都沒拍到，隨便想都知道有問題。

「那明天八點出發好了，越早越好。」蔡志友忙看著時刻表，「我先說啊，沒事拜託不要半夜進去林子裡找瘦長人。」

「非不得已我也不想這麼做好嗎！」簡子芸翻了白眼，「我們是都市傳說社，不是身先士卒社。」

夜半時分去去伸手不見五指的樹林裡已經很危險了，更遑論要去找瘦長人！始終沉默的汪聿芃依然坐在原地，她不參與討論也不出聲，這讓童胤恒憂心忡忡，但是如果她不想去，也不該強迫她去；社團裡每個人都注意到她的反常，幾度想出口，都被蔡志友按捺下來。

「欸！外星女，妳不去嗎？」小蛙裝熱絡的拍拍她的背，「妳說不定還可以順便回家一趟耶！」

咦？童胤恒一愣，「什麼？」

「K鎮啊，我剛搜查時發現到的！它就W鎮旁邊耶！」小蛙揚了揚手機，「妳老家不是在W鎮嗎？」

第三章 都市傳説熱愛者

注目禮自四面八方而至，不過對於身經百戰的「都市傳說社」而言根本小菜一碟，他們早就已經習慣，而且現在的注視裡隱含著好奇與擔憂，遠比以前的厭惡好多了。

昨晚康晉翊與簡子芸以社長副社長的身分，引誘媒體到學校正中央的水池那兒說明，果然有媒體預先留守在社團外面，畢竟他們沒瞧見其他社員或是進去的K鎮國中生，不過他們事先請了熟稔的章警官過來，一一驅走了媒體們。

章警官也只是嘆息，他是「都市傳說社」創社時就認識學長姐的警察了，據說是小靜學姐的長輩，因此對於都市傳說社總是格外照顧。

康晉翊表明了會去K鎮一趟，因爲瘦長人是赫赫有名的都市傳說，只要是社團的人都會想一窺究竟，如果可以的話，他們當然也希望能找到宋玟玉的下落——但是，請大家不要忘了，救人與找人不是一個大學社團需要負擔的責任，也不是他們的義務，他們能做的，只是提供當地警方一些棉薄之力罷了。

這都只是單方面說法，事實上世人便是如此，總覺得他人只要能力所及，就「理所當然」應出力、沒做到就是對方不對、不友善、心胸狹隘等等……他們已經預見了未來情況如果加劇，說不定他們社團的人會變成應該主持社會正義的人咧！

「如果學長可以看到此情此景，不知道會有多感動！」

康晉翊走在路上，滿心澎湃，他們誰也想不到，昨晚提及希望K鎮媒體撤出，今天抵達時，所有媒體居然眞的已不存在！

「都市傳說社有這麼被重視的一天，別說學長姐了，連我都超激動的！」簡子芸的聲音都在顫抖了。

一旁拖著行李箱喀啦喀啦的汪聿芃淡淡瞥了眼，「可是學長姐不見好陣子了呢！」

「嗯？不見？」蔡志友皺了眉回應，「夏天學長的話……不是在如月列車上嗎……」

童胤恒唉了聲，「是說郭學長跟小靜學姐他們吧！還有毛穎德學長也超低調的！」

「別人就算了，小靜學姐那叫一個帥慘了，她不是正在賽期嗎？」小蛙可喜歡小靜學姐了，「都市傳說社」創社元老之一，最重要還是女子格鬥冠軍呢！

「不過一陣子沒跟我們聯繫了。」童胤恒小心的回著，「而且所有相關網頁好像都沒發文。」

「毛毛學長直接關掉所有社群網站。」汪聿芃聳了聳肩，「我們目標太大太顯眼了。」

「嗯？目標？」康晉翊覺得莫名其妙，「汪聿芃，妳話裡什麼意思？」

簡子芸走在小徑上，咀嚼著汪聿芃的話語，學長姐的動態她都一直在FOLLOW，的確沒有錯，最近學長姐異常低調，尤其在……人面魚事件後。

「我的天哪！妳意思是說他們在跟都市傳說撇清關係嗎？」簡子芸倒抽了一口氣，「怕大家去問、去找他們，一旦他們低調到被世人遺忘，大家就會只記得我們了！」

讚！汪聿芃豎起大姆指，她就是這麼覺得！

所以說，她不覺得學長姐看見現在的景況會多高興！真的高興的話，應該在瘦長人事發一開始就殺過來了吧！

「唉，外星女說得有理耶！」小蛙搥著肩頭，「我現在就覺得肩上千斤重！」

「我完全感受不出來你有把這個當壓力！」蔡志友不客氣的直接打臉！

小蛙旋即哈哈大笑起來，那是當然的，他壓根兒不會覺得這件事是他的責任，又不是他把人搞丟的是吧！

一到K鎮，葉牧芝跟阿架就被父母拎回去了，父母擔憂大於氣忿，說好了等等一定會回來找他們；而鎮長，是的，一個頭上剩沒幾根白毛的老人，還佇著拐杖，老駝著背的親自迎接他們。

老人家只說了歡迎，其他什麼字都沒說，其他的助手就只是先載他們到鎮上唯一一間民宿後，再給他們一張地圖，說著等等到鎮長家會合；K鎮腹地廣大，沒腳踏車會走得很辛苦，不過鎮長家就在附近，他們決定還是散散步好了。

「我不懂要去鎮長家做什麼？客套免了吧？」蔡志友忍不住抱怨，「都已經下午了，再不抓緊時間等等就天黑了，我們還沒搞懂瘦長人的事。」

「該有的招呼還是要打，我們現在太受矚目。」簡子芸回頭交代著，「說不定有事還是得麻煩鎮上的人協助，我們盡速就好了。」

「要是阿架能直接帶我們跟那群同學見面就好了，省得繞這麼多彎。」康晉翊喃喃唸著，「話說回來，你們有人注意到阿架身上的疤嗎？」

一陣沉默，看來每個人都注意到了。

「這裡有家暴專線嗎？」童胤恒看了著實心疼，那一看就知道是舊傷新傷累加而成的。

「小地方大家都認識，還沒通報到上面，就有人跟阿架爸爸說，然後他應該就會被打得更慘……傻子才會說。」汪聿芃平淡的說，眼神卻有一絲黯沉。

是啊，這麼小的地方自是如此，汪聿芃的老家也是如同K鎮一般的小地方，

所以她比誰都了解吧！

童胤恒默默的看著格外沉默的她，這一次的汪聿芃，真的不太一樣。

離鎮長家就剩幾步了，一旁巷子中卻突然殺出兩輛腳踏車，還以帥氣甩尾的姿勢停在他們面前。

橫切在他們面前最近的是有著一雙長腿的正妹，明明只是國中生，但看上去非常成熟，還有一雙迷人的大長腿……幾乎同一時間，所有男生都不由自主的往那雙腿移動視線。

「都市傳說社嗎？」吳美谷一一看著眼前的大學生們，「哇塞，葉牧芝居然真的跑去把你們請來了！」

在吳美谷身邊的林靖雯一頭長髮，直衝著童胤恒微笑，她有張冷豔的臉蛋，她們兩個都有化妝，淡妝具氣色卻可以看得出五官的姣好。

「最酷的是他們居然來了。」

一票男生都來不及回話，看腿的看腿，看臉的看臉，汪聿芃留意到陸續從巷子裡出來的學生們，真的是人人一台腳踏車，騎得都像特技表演的人似的。

「妳就是吳美谷吧？」汪聿芃主動開口，「頭頭。」

吳美谷略怔，對於汪聿芃能直接叫出她的名字有點意外，雖說葉牧芝勢必有提到她們，但是能一眼確定她是誰也挺強的。

「您好，我們都是宋玟玉的同學，一聽說你們會來，大家都很期待！」吳美谷禮貌的朝著眾人頷首，「有什麼需要我們說明會幫忙的，請不要客氣！」

簡子芸跟著點點頭，「那我覺得事不宜遲，我們打算直接去後山。」

「不去那個女生家嗎？」汪聿芃突然舉了手，一臉困惑。

所有人不約而同的瞄向她，小蛙皺起眉，「去那個女生家幹嘛？她都失蹤十……十一天了。」

十一天，一種超級凶多吉少的概念。

「她不是在研究瘦長人嗎？」汪聿芃立即看向童胤恒，「說貼了滿牆都是瘦長人的圖案！」

康晉翊幾分遲疑，葉牧芝的確提過這件事，但汪聿芃覺得這件事很重要嗎？

「宋玟玉的確研究了很多瘦長人的東西，所以那天在林子裡一直望向奇怪的地方，我們也想看相關的東西，警察也去看過，但沒有什麼重要線索……重點是她姐姐一直不讓我們去！」林靖雯跟著接口，「連靈玄社的社長都說宋玟玉可能研究到很特別的東西！」

康晉翊以爲自己聽錯了，「什麼社？」

「靈異玄怪傳說社。」張一秋一副不意外的臉色，「宋玟玉的志願就是A大啊！」

哇、塞！眾人心裡一驚，互相使了眼色，看來不只是迷妹，還是有著同樣嗜好的人耶！

「很遠嗎？」童胤恒看著他們的腳踏車，「等我們回去牽車！」

「有段距離，騎著車方便啦！」後方的黃曉韋盤算清楚，「美谷，我先過去宋玟玉家，我怕她姐又從中作梗。」

說完她即刻調轉車頭，差點撞上從巷子裡又衝出來的腳踏車，雙雙急煞，差點翹孤輪。

「怎麼這麼急？」來的人是高大帥氣的周霖宇，聞風而至。

「我先去宋玟琦家！」不需交代太多，黃曉韋扭了車頭便走。

啊……宋玟琦啊！周霖宇朝右一瞥，看見了「都市傳說社」的人們，一時呼吸急促，但還是很有禮貌的微笑。

「黃曉韋，等等！我陪妳！」周霖宇跟著轉身，又一台腳車離開。

事情又急又快，康晉翊都覺得有點招架不住了，最後他決定先回民宿牽車，再慢慢釐清這些學生的關係。

「誰記得誰是誰啊？」小蛙一轉身就低聲問了，「除了那個腿很長的是吳美谷外！」

「話說汪聿芃為什麼知道她是吳美谷？」蔡志友原本連吳美谷的名字都記錯，記成吳谷美的。

「葉牧芝昨天不是有說嗎，吳美谷超正！」汪聿芃挑了挑眉，昨天大家都在啊！

「問題是另一個也很正啊！」康晉翊指的是林靖雯，簡子芸默默瞥了他一眼。

童胤恒實在無法否認，雖然國中女生還很稚嫩，但這些女孩看起來都格外早熟，連他都忍不住多看了好幾眼。

「我比較想知道，妳為什麼想去宋玟玉家？」童胤恒問向身邊挨著的汪聿芃，「妳覺得跟她的研究有關？」

「嗯……我只是覺得都去看看比較好。」汪聿芃說得很敷衍，「新聞不是說，這個鎮上由來已久的傳說是個高瘦樹靈！我覺得在地人可能會找到我們找不到的東西。」

新聞上的長者或是鎮長怎樣都說沒這回事，不過事實上數十年前又發生過疑似與瘦長人有關的失蹤事件！這怎樣都吊詭啊！

一行人騎上腳踏車後便隨著吳美谷等人往宋家出發，鎮長什麼的也就拋諸腦後了；騎車不過五分鐘距離，就在外頭看向揮手的男孩；這兒沒大車，大家腳踏車隨意扔在住家門口，黃曉韋嚴肅的走向同學，眼尾瞟著就站在門口的高壯女孩。

女孩有著一張方型臉，短髮在耳上，虎背熊腰，身高至少一百七十公分，透過袖子都可以看見健壯的肌肉，應該是運動型的女孩；此時此刻卻雙手抱胸，非常不友善的瞪著他們。

「宋玟琦。」周霖宇轉身，語重心長，「這些都是A大的學長姐。」

「學長姐咧，說得一副你是會考上A大的樣子！」宋玟琦冷笑著，「滾開！不就是一群社團大學生嗎！不要來亂！」

「學姐，我們只是想看看宋玟玉的房間而已！」張一秋好聲好氣的拜託，「還有她上課常畫的一本本子，我知道那是寫都市傳說的東西！」

「看那種無聊的東西有什麼用！妳們有心思爲什麼不去找她？她都失蹤十一天了，不要忘記當初就是妳們害她失蹤的！」宋玟琦咆哮的走向張一秋，嚇得女孩步步後退，「叫這群學生來也沒用啦，警察都找不到的人，他們會知道個屁！」

一樣的制服，看起來也只是國中生制服上繡了三個槓，應該是國三，十分凶悍的模樣，是失蹤學生的姐姐……葉牧芝提起她時，也是充滿恐懼與內疚。

「我們這群社團大學生，至少比誰都早料到人面魚的危險，不是因爲我們多厲害，只是因爲我們熱愛都市傳說。」康晉翊穩重的趨前，冷靜的朝宋玟琦走去，「我們想瞭解瘦長人、找到瘦長人，進而有機會找到妳的妹妹。」

「滾開！她就是一直研究那些亂七八糟的東西才會出事的！」宋玟琦氣急敗壞的逼向康晉翊，「我怎麼可能讓你們看那些東西，要不是警察說要保留原樣，我早就把那些東西燒了、丟了！」

「所以——」在童胤恒背後的汪聿芃探出頭，「妳到底是想要她被找到？還是不找到啊？」

咦？宋玟琦一怔，「妳說什麼鬼！」

「再亂七八糟，還是有人看見瘦長人了啊，如果眞的很擔心她，不是應該快點收集線索，好找到她嗎？」汪聿芃困惑的看著宋玟琦，「妳不給進也不給看，我們什麼資料都沒有耶！」

好樣的，童胤恒忍著笑，大步的朝前跨去，同時蔡志友也跟著上前，想比塊頭他們沒再輸的啦！

「幹、幹什麼！」看見二個男人朝她走來，宋玟琦氣勢陡然降低，「你們要幹嘛？想、想嚇我嗎？」

「再沒用的線索都是線索，我知道妳氣忿擔憂，但是唯今之計是盡快讓我們收集資料。」簡子芸幽幽出聲，「如果妳妹妹眞的研究出什麼，那她就是爲自己備妥了線索。」

咚，高頭大馬的蔡志友已經來到宋玟琦面前，在一百九十公分的他、與一百九的童胤恒面前，她瞬間都成小鳥依人了！仰頭看著一臉凶惡的蔡志友，宋玟琦嚥了口口水，緊皺著眉，再不甘願還是反手打開了門。

「我就是討厭他們！是他們害了宋玟玉！」

「我懂。」童胤恒溫和著說，「妹妹這樣失蹤，誰都會想找個人怪罪。」

「什麼……什麼叫找個人？」宋玟琦瞪向童胤恒，「就是她們把宋玟玉帶去偏僻的地方，否則綁架犯怎麼有機可乘！」

唉，吳美谷都已經懶得再解釋什麼了，「學長，別說了，進去要緊。」

難得門都開了，要怪要打都隨便她了。

宋玟琦雖不情願，但還是開門讓大家進去，口氣沒一句好，從叫他們脫鞋才能進屋開始，口氣都差得像大家欠了她幾百萬；不過前夜已經從葉牧芝口中大致瞭解每個人的個性與狀況，據說宋玟玉剛失蹤時，那票同學有被揍加勒脖的，所以口氣不好也不意外了。

「伯父伯母在嗎？」黃曉韋試探性的往裡問著，其實她已經留意到玄關處的兩雙拖鞋。

「不在。」宋玟琦淡淡的說，領著大家往一旁的樓梯上去，「房間在樓上。」

其他同學們幾乎都來過宋玟玉家，她的房間的確是在二樓，但今天的感覺特別悲傷，因爲領著她們上樓的已經不是同學了。

「爲什麼要看她的東西？」在門前，宋玟琦握著門把，最後質疑，「警察都查過了啊！」

「但這是都市傳說社的學長姐啊，說不定會看到一般人見不到的細節。」黃曉韋認眞的解釋，「我知道妳很怨懟我們，但我們想找到宋玟玉的心是一樣的對吧？」

只見宋玟琦用力深吸了一口氣，最後很勉爲其難的打開了宋玟玉的房間。

所謂滿牆的瘦長人圖畫看來已經被撤下了，房內牆上沒有太多東西，不過釘子跟膠帶的殘痕均在，看得出來之前整面牆都被貼滿了東西；康晉翊一進門就看見了放在桌上的一整疊大小不均的紙張，說不定正是被取下的東西。

「就是成天研究這些怪力亂神的東西，她才會一直說什麼想找瘦長人！」宋玟琦貼著門板，抱著胸非常不爽的唸著，「信誓旦旦的說什麼瘦長人就住在後山的森林裡！」

林靖雯一顫身子，「她說得沒錯啊，至少……至少我們看見了……」

「天曉得妳們是真看見還是假看見？根本沒有瘦長人這回事吧？」宋玟琦白了林靖雯一眼，「壘球場那邊是向著夕陽的，最好這麼亮妳看得清楚！」

「不是只有林靖雯看見，葉牧芝也瞧見了啊！」張一秋連忙為朋友發聲，「後來跑去的人都看見了瘦長人的身影，這是確定的事了！」

哼，宋玟琦鼻孔裡哼氣哼得明顯，完全不想相信這種事。

康晉翊根本沒理國中生的抬槓，大家急著先把桌上那疊東西取下，宋玟玉房間是大，但也無法一下容納這麼多人，所以在裡頭只能窩在地上探看物品，那的確是牆上的圖畫，宋玟玉有用好幾張Ａ４紙拼成一個瘦長人、也有網路上印下來的圖片。

「呃……這些之前是貼在牆上的嗎？」小蛙環顧兩坪大小的房間，「貼這麼多瘦長人的照片她睡得著喔？」

「她連天花板都貼咧！」宋玟琦跳過吳美谷背後來到床邊，指著天花板，

「躺著睜開眼都能見到瘦長人！」

「靠！這會做惡夢吧？」連蔡志友都搖了搖頭，「我們再喜歡都市傳說也不會幹這種事！」

簡子芸默默的仰頭看著天花板上的殘膠，那膠的位子，那還是一張等人長的圖片耶……這比什麼樑壓人還更可怕吧！

「這樣晚上睜開眼睛壓力不會很大嗎？」她不禁皺起眉，「這已經超過了喜歡都市傳說的地步了吧？」

「這是痴迷了。」康晉翊嚴肅的看著手上滿滿一疊的圖片海報，「這件事新聞並沒有報。」

關於宋玟玉的瘋狂迷戀瘦長人，沒有一家媒體報導。

「如果她痴迷於瘦長人，那這起失蹤案性質就不一樣了。」童胤恒也覺得這件事影響甚鉅，「妳們幾個之前知道這種事嗎？」

他問向一票女孩，她們沒有立刻作答，反而是不確定性的思考，甚至還會交換眼神的互看。

「……我們知道她很喜歡這類東西，畢竟都是靈玄社的了，但不知道這麼誇張。」黃曉韋語重心長的看著手裡的海報，「貼這麼多東西在整間房間裡，我光想像就頭皮發麻。」

「因爲我不喜歡，所以宋玟玉從不在我面前提相關的事。」吳美谷大方的承認，「大家就是彼此尊重，聚會時她從不提鬼啊、妖或是都市傳說，我們也很難知道詳細，不過……一秋？」

張一秋跟宋玟玉同班，想必會知道更多。

「她有很多本子，上課都在寫，說那是她的靈學事件紀錄簿，我覺得上面一定寫了很多研究。」張一秋邊說，人正在書桌前搜尋，「我問過他們社長了，本子是粉藍色書皮，她之前在社團裡討論就是同一個紀錄本。」

童胤恒第一時間回首，看向依然倚著門的宋玟琦，「有嗎？」

「我不知道。」宋玟琦冷冷的說著，別過了頭。

汪聿芃也幫忙在書架上尋找，國中生的東西是不多，但這裡也被警方查過，實在不知道能剩下多少線索。

不過……汪聿芃突然停手，也跟著回頭看向宋玟琦。

「吳美谷她們不知道就算了，妳們家人應該知道宋玟玉的狀況，媒體都不知道是刻意隱瞞嗎？」汪聿芃說話本來就不客氣，「還是因爲怕說了，警方會認爲她可能是出於好奇心自己去森林找瘦長人，就不會找她了？」

咦？女孩們一怔，林靖雯倒抽一口氣，「妳是說——宋玟玉是跑去找瘦長人？」

「舉例，她只是說了某個可能性。」簡子芸趕緊緩頰，這種話不解釋清楚等等引發誤會就麻煩了！

宋玟琦朝向汪聿芃瞥了眼，眼底盡是無可奈何。

「哼！對啊，我爸媽就是怕萬一讓別人知道她超愛都市傳說，就會以為是她自己跑進森林裡的，可能就不救她之類的！」宋玟琦再度冷哼一聲，「她可是我爸媽的心頭肉，哪能冒這種險！」

果然，這件事被刻意隱瞞下來了。

「警方也沒提？一起幫忙隱瞞嗎？」這倒有趣，蔡志友手裡抽出一張應該是宋玟玉手繪的瘦長人圖片，上面還有鉛筆的註解：催眠。

「大家都不喜歡提瘦長人。」宋玟琦扯了嘴角，「整個鎮上都不想提，我們從小也都被交代森林裡有樹靈，晚上不能靠近，更不要講那些有的沒的，所以警察怎麼會對媒體說？」

開什麼玩笑！要是說了，那可是全國播放的風險！

「葉牧芝說過，妳們那天跑到附近去玩時，宋玟玉一直看著森林深處對吧？」

汪聿芃再度看向吳美谷，「或許她不是看見了什麼，而是想看見什麼。」若是她一心執著於瘦長人，趁著在森林裡時想去一窺究竟，自己往深處去怎麼辦？

「會有人這麼瘋嗎？」周霖宇覺得不可思議，「因爲喜歡瘦長人，所以親自跑去看？」

嗯……一整票大學生默默的看著他們，他們完全無法說什麼，因爲他們就是這種人啊！

他們還有學長現在就是都市傳說咧！

「我不覺得宋玟玉會是這樣的人吧！她細心穩重，就算再喜歡也不該會以身試險。」黃曉韋冷靜的分析，「而且一個人總是會害怕，她有這麼多同好，有社團的朋友，大可以一起去。」

「或許因爲她看見了瘦長人。」汪聿芃在參考書裡，瞧見滿滿的塗鴉，「那只是一個機會，剛好她看見、所以她追上前。」

機會稍縱即逝，她不能錯失良機。

「啊，這樣的話可能性就大了，如果是我們，誰都禁不起那種誘惑。」設身處地，童胤恒覺得自己也可能是會追上去的那一個。

「她有跟妳提過瘦長人的事嗎？」簡子芸再問向宋玟琦，「討論或是說過想看看瘦長人之類的？」

「後面這個不必問吧？誰不想看啊！」小蛙嘖了一聲，還回頭看向國中生們，「對吧？」

欸……女孩們飛快的搖頭，林靖雯還緊張的握拳，就連周霖宇也都蹙起眉，慎重的搖了搖頭。

好吧！小蛙聳了肩，大家喜好不同嘛！

「沒有，我們平常不說話的。」宋玟琦懶洋洋的咬著自己的指甲，「她會跟我爸媽說啦，搞得吃飯時還要聽那些亂七八糟的事，聽了我就煩！」

宋玟琦表現出明顯的不耐煩，事實上她這個人從一開始到現在、臉色口氣無一平和。

「不交談嗎？」童胤恒好奇極了，「隔壁是妳房間嗎？平常姐妹倆不會……」

「笑死人了，我當然是睡樓下，我不可能有這麼好的房間。」宋玟琦冷笑著抽著嘴角，「在我爸媽眼裡，只有宋玟玉是寶貝女兒，我嘛……」

該怎麼說呢？她很認眞的在思考一個適當的形容詞。

整間房間的氣氛靜了下來，吳美谷覺得相當詫異，因爲自宋玟玉失蹤那天起，宋玟琦對她們的態度是氣急敗壞的，嚴重到林靖雯嚇得要命，大家都認爲她們姐妹的感情非常好……

畢竟日常裡只要提起姐姐，宋玟玉都是一副引以爲傲的模樣。

「妳們不是很好嗎？」張一秋莫名其妙。

「誰跟她好了！長相成績貼心我都不如她啦，我爸媽只寵她，超疼她的，我就是那個粗魯又醜又沒用又不體貼的女兒。」宋玟琦兩手一攤，「我跟她之間沒什麼話好說的，每天說的大概就只是借過、換妳去洗澡這類的話吧。」

林靖雯嗄了好大聲，「但是妳超生氣的不是嗎？妳那天還勒我……」

宋玟琦頓了兩秒，斜眼瞪了過來，「再不好她也是我妹妹，她姓宋，是誰可以接受有人妹妹被搞不見？」

這大概就是所謂，就算感情再差還是一家人的概念吧！

說到底，姐妹就是姐妹。

吳美谷不太情願的扁著嘴，她並不認爲是她們把宋玟玉搞丟的，一起脫隊是不對，但是又不是她們綁架宋玟玉或是逼她去幹嘛，宋玟琦的遷怒眞的很超過！但是因爲不想打架，也不希望節外生枝，大家都採取隱忍制。

「既然如此，那妳想想有什麼可以幫助我們的吧！」康晉翊嚴肅的看著她，

「例如，她們都說宋玟玉有什麼筆記本嗎？有看過嗎？」

宋玟琦非常不爽的歪著嘴，突然轉身往外走去，這舉動令蔡志友驚奇的起身，悄悄跟到門口看，見她下了樓。

「她一定知道。」汪聿芃斬釘截鐵，「再不熟也是姐妹。」

「而且警方來前她最有機會把東西拿走吧！我現在只祈禱她沒把東西拿去燒了。」簡子芸將那一整疊瘦長人的海報重新疊好，「你們有發現什麼嗎？」

「都找過一輪了，沒有什麼特殊的東西。」周霖宇禮貌的回應，也正協助把取下的書一本一本置回書架。

不一會兒腳步聲上樓，人都還沒完整現身在門口咧，一本筆記本就從外面咻的扔進來——運動細胞極好的童胤恒即刻接過，那是一本A4筆記本，裡面寫滿了密密麻麻的筆記。

所有「都市傳說社」的人即刻湊上前，整整一本居然都是瘦長人的資料！

「這比我們查到的還詳細吧！」簡子芸驚奇的快速翻閱著，「她去哪裡找這種資料？」

「好了，拿到可以滾了。」宋玟琦突然下了逐客令，「我爸媽快回來了，不要讓他們回來時瞧見你們。」

「有必要這麼凶嗎?」吳美谷不爽的隻手插腰,「我們也不是來做壞事,就是想幫著找到宋玟玉啊!」

「當初不要脫隊帶她去那種地方,不就什麼事都沒有了!」宋玟琦突然咆哮起來,大步的逼近吳美谷,「現在說什麼風涼話!」

童胤恒轉身一個箭步上前,即刻擋下了就要推倒吳美谷的宋玟琦,這個女孩脾氣眞的很差;但宋玟琦見他擋過來沒有絲毫要住手的意思,反而更用力的推了童胤恒一下!

喝!童胤恒向後踉蹌動搖,吃驚的發現這女孩的力氣很大啊!

「喂!」蔡志友不客氣的抓住她的手腕,「動什麼手啊!」

感受到掙扎,宋玟琦順利的從蔡志友的箝握中掙脫,「滾啊!這我家,讓你們進來已經很好了,拿到東西就可以走了!等等讓我爸媽見到你們,又會難過!」

吳美谷立即拉著同學往外走,宋玟琦說得沒錯,學姐願意讓他們進來已經是奇蹟了,應該是託大學生們的福吧!周霖宇禮貌的還跟宋玟琦道謝道別,簡子芸一直很好奇那個男生到底是誰?

「他們始終會難過的啊,妳妹又還沒找到!」汪聿芃萬分不解,「跟我們沒有太直接的關係吧！」

汪～聿～芃～啊！康晉翊吃驚的回頭，連忙把她往外推，「她說話比較直接！比較直接一點！」

「我又沒說錯，都十一天了，本來就……」凶多吉少這四個字，汪聿芃遲疑一下沒說出來，算是一種進步。

童胤恒嚴肅的看著宋玟琦點了頭，也往外頭走去，裡頭的宋玟琦雙手緊握飽拳，怒不可遏的旋身往外衝出。

「我也知道十幾天的狀況不好，就是這樣才不要讓我爸媽又燃起希望！」她衝到樓梯扶欄邊往下吼，「你們就不該來的，除非把宋玟玉找到，不然就不該來！」

魚貫下樓的學生們幾分錯愕，國中生們連停留都不敢，拎著鞋子衝出宋家到外頭穿鞋的，蔡志友擰著眉仰頭看向在上頭的怒氣沖沖的女孩，這邏輯也真是厲害了。

「所以妳不抱希望嗎？」他沉著聲問。

宋玟琦緊扣著扶把，豆大的淚從那剛毅臉上落下，雙唇卻緊抿著不願鬆口，像是死撐著的堅強。

簡子芸回身拉了拉蔡志友，不過就是個國中生，犯不著跟她一般見識。

走在最後面的汪聿芃跟童胤恒也不好再說什麼，童胤恒溫柔的朝著宋玟琦淺笑，說著我們會盡力的。

宋玟琦別過了頭，連抹淚都不願讓他們瞧見，離開了樓梯邊。

筆記本放在簡子芸身上，他們才離開宋家，就發現外面又多了學生，葉牧芝跟阿架得以前來會合，另外多了一個看起來宅味很重的男生。

「靈玄社社長。」康晉翊連猜都不不必，一眼就知。

「您好，我是……阿曾！叫我阿曾就好！」社長有禮貌的打招呼。

「要先去後山還是研究筆記本？」童胤恒望著遠處的山巒，「現在一點半。」

「當然先研究筆記本！這麼詳盡的資料不看不行。」康晉翊語調裡難掩興奮，「而且如果有線索還能事倍功半。」

「或是分工合作。」小蛙已經很習慣了，團隊作業是最快的。

童胤恒瞥了牽車的學生一眼，「你們出來有跟家人說的嗎？可以陪著我們？」

「沒問題。」吳美谷已經調轉龍頭，「我知道哪邊可以讓大家討論，學長你吃了嗎？去郝姨的快餐店怎樣？桌子很大！」

有當地人帶著自然不愁，因此一票……汪聿芃仔細數數，他們社團六人，加上七個國中生，眞是浩浩蕩蕩的陣容；她一邊迎風騎乘，雙眼遠望著山巒，那層層疊疊的山巒始終沒有變過，附近所有的縣市鎮，都是在群山環繞之間，不過角度有所不同罷了。

她也曾在漫天飛舞的芒草中奔跑，也曾在夕陽西下時於草地上滾動，也曾赤著腳在黃土地上狂奔，一群孩子們嘻笑打鬧，瘋也似的快樂。

也曾……

「汪聿芃！」一股力道扯住了她的腳踏車龍頭，人工急煞，迫使汪聿芃整個人因慣性往前，差點摔車！

驚魂未定的她雙手緊扣著龍頭，隻腳已經踩上了地，她沒摔車全是因爲左邊的童胤恒拽著她的車，硬撐著不讓她的車倒下。

眨了眨眼，汪聿芃發現自己的前輪有大半都在圳溝邊，自個兒的右手邊是田，有個寬五十公分深約莫三十公分的水溝在旁，她如果再往前騎一點，勢必得栽下去了。

「對不起！」趕緊穩住重心與車子，汪聿芃還未全回神！「我恍神……」

前方是條十字路，其他人都已經越過了小馬路，回頭緊張的望著她。

童胤恒驚嚇到說不出話，這才鬆開右手，渾身嚇出冷汗的瞅著她，「妳嚇死人了！」

「對不起對不起！」她滿懷歉意，「我眞的閃神了，我在想事情！」

呼……童胤恒重重鬆了口氣，「在想什麼？」

汪聿芃微啓唇，那不是欲言又止，是根本沒打算說的模樣。

童胤恒沒說什麼，只是調整情緒，剛剛他本是在汪聿芃後方的，始終覺得她魂不守舍，不敢離她太遠，果不其然立即出事……那瞬間他眞的覺得魂都要飛了！

「還好嗎？」遠遠的，蔡志友高聲問道。

「沒事了對不起！」汪聿芃連忙回應，「我們就過來！」

如果妳不想待在這裡，要不要先回學校？

汪聿芃踩上腳踏板，與童胤恒示意後便往前騎去，所以他到喉口的話沒說出，其實出發前他就很想說，不想來可以不要來。

他感覺得出，汪聿芃很排斥提起自己的老家。

但心底有另一個聲音，很想知道爲什麼。

第四章 交換禮物

宋玟玉的記事本，可謂是瘦長人百科全書，甚至還分門別類，記載各地不同的瘦長人傳說，上面還貼了不同的標籤。

「催眠，這是瘦長人的共同能力，據傳見到他的人會被其催眠，這也是他能誘拐這麼多小孩走的原因……」康晉翊越唸心越沉，「小孩？宋玟玉不是小孩了吧？」

「她在旁邊圈了一個未成年，也有過十五歲的失蹤。」簡子芸指著筆記本旁邊空白的隨筆，宋玟玉當初用原子筆重複畫了好幾個圈，「國一的話也才……」

「我們十四。」吳美谷咬著紙吸管，朝林靖雯瞥了去，「靖雯，妳有被催眠什麼嗎？」

林靖雯像被電到一樣，接著是飛快搖頭，「沒有吧！我還在這裡啊！」

「所以眞的沒五官嗎？」童胤恒急切的問，「長怎樣？」

林靖雯露出無奈的神情，嘆了一口氣，結果她還沒開口，其他同學倒是異口同聲：「大背光啦！」

「夕陽在遠方，瘦長人站在樹後，其實看得很吃力。」葉牧芝苦笑著，「我是沒敢往上看，但連他的身體我都看得很吃力。」

「我看到的是圓形的頭，有沒有頭髮都不知道……」林靖雯咬了咬唇，「五官這種的更別說了，當時的我才抬頭就刺眼得遮掩陽光了。」

「啊……」這聲失望的嘆息，同時來自「都市傳說社」的六人。

汪聿芃主動幫康晉翊翻頁，挑了上頭紫色的標籤，「寂寞瘦長人，他只是想要收集東西陪伴他而已，傳說中可以像交換禮物一樣，去換回被帶走的孩子……？」

後面尾音她都不自覺得上揚了，這是哪門子的瘦長人傳說？

「換一下就好嗎？那怎麼知道瘦長人會不會眞的拿自己的朋友來換？」蔡志友也覺得莫名其妙。

簡子芸趕緊把他的手挪開，他擋到了右頁，「還有……交換方法耶！」

實在是很難相信，但是宋玟玉寫得太齊全了，說服力極高啊！

「要準備許願紙條，寫清楚你要用什麼去換什麼，而且也必須親口對瘦長人說……」簡子芸喃喃唸著，忍不住打了個寒顫，「是要等他來心靈TALK嗎？」

這實在很驚人，宋玟玉不但做了筆記，下面居然還有許願單的範例格式……

康晉翊連忙再翻下一頁，果然後頭還有但書。

「必須夜晚到瘦長人會出沒的森林裡，不能太過接近馬路或人煙，將你要交換的東西寫在紙上，並帶著後挑一棵樹下置放，嘴裡重複唸三次『瘦長人我要跟你交換禮物』後，把東西跟紙條留下離開，絕對不要回頭。」康晉翊緩速唸著，口吻裡盈滿質疑，現場氣氛跟著低迷，「一定要帶眞正重要的東西，不夠重要瘦長人是不會願意跟你交換的……」

他唸完，眼神左瞟右看著朝社員瞧去，小蛙很不客氣的切了聲，「半夜，去森林？跟瘦長人玩交換禮物？是傻了嗎？」

「他是說入夜，沒說半夜。」童胤恒都有認眞看。

因爲，桌子另一角的國中生們已經在討論自己珍惜的東西了！

「被拿走的東西不能再交換回來，也就是必須捨得，再也無法擁有的寶貝物品，才能換回想要的東西。」簡子芸邊唸邊嘆著氣，「這走向好像不太對啊！」

「但那也是瘦長人的都市傳說啊！」在大家忽略的角落中，阿曾激動的開口，「這段宋玟玉分享過，那是她找到的資料，的確有地方流傳的瘦長人傳說是如此！」

「所以如果小朋友被帶走了，可以這樣換回來嗎？」蔡志友在意這點。

「照理說是這樣，但我們也不知道有沒有換成功。」阿曾激動的回應，「但這就是存在的都市傳說！」

「好好，我們懂，你不必激動。」康晉翊連忙安撫，「都市傳說本來就有很多版本，所以我們才要——喂！你們幾個！」

他驀地朝右手邊望去，學生們討論得太熱切了。

「這個方法先不要想，晚上去林子已經很危險了，還要隻身一人？」童胤恒也勸阻，「這太危險了。」

「可是如果有用呢？」張一秋滿是期待，「這樣犧牲一個物品，就可以讓宋玟玉回來了啊！」

「我覺得這個應該要……」從長計議，簡子芸話還沒到喉口，後面女孩卻出聲。

「試試看。」汪聿芃高舉起手，「反正又不損失什麼，每個版本都要驗證一下吧！」

童胤恒立刻從後背頂了她一下，她還不太高興的回首，「我們哪一次不是每個都試試看！你看，她還有寫另一種邪教儀式耶！」

「連邪教都有了……」小蛙早翻過了，托著腮懶洋洋的叨唸著，「我覺得就是青少年的反叛藉口吧！」

「這藉口也太大了，殺人耶！」蔡志友搖著頭，「但如果說是青春期情緒不穩的妄想症我倒能接受。」

黃曉韋疑惑不已，「請問在說什麼啊？」

「另一個瘦長人的傳說，是說瘦長人專門影響小朋友、或是見過瘦長人的小孩子會變得殺氣騰騰，一心要殺人獻祭給瘦長人，這樣就能夠被帶到瘦長人的世界……」阿曾試著找適合的詞，「類似一種獎賞吧。」

簡子芸沉吟的察看著筆記本，最後面一個標籤是黑色的，標題寫著「K鎮」，但是以下空白，每一頁都有前幾頁的刻寫字留下的痕跡，然後康晉翊要翻頁時，卻見自個兒的姆指擋住幾個數字。

數字寫在邊邊角，康晉翊連續翻了下三張，每一個角落都有數字，但翻到前面的卻沒有任何數字。

字跡很亂，雖然很想說會不會是亂寫，但以這本筆記本的精細程度，簡子芸覺得宋玟玉是個細心到一絲不苟的人。

「好像……」童胤恒也察覺出來了，「現在能驗證的也只有交換禮物了。」

「沒辦法，這麼多台監視器都沒能拍得到瘦長人，至少先試一個不必見面的方法吧！」康晉翊重重嘆了口氣，汪聿芃應該早就想到這了，所以才會直接推薦大家驗證這一個都市傳說。

周霖宇突然緩緩舉起手，「說到監視鏡頭，我聽說……記者們沒有撤離。」

「咦？」蔡志友愣了一下，「你說監視器還是在林子裡嗎？」

「眞的假的？」張一秋崇拜般的看著周霖宇，「爲什麼你知道？」

「他們撤離得這麼快，而且太乾脆了，我就覺得怪怪的……」周霖宇尷尬一笑，「我是白天找同學陪我去的，一進林子就看見好幾個監視器完全沒有撤，還綁在樹上，而且多半都有刻意用樹葉擋住。」

換句話說，媒體們依然遠端監視著那片森林裡的動向。

「這或許不失爲一個好道具耶！」蔡志友靈光乍現似的，趕緊找張紙遞給周霖宇，「你可以把監視器的位子都畫下來給我們嗎？」

「嗄？」周霖宇一愣，「我、我只知道一兩個……我沒查過全部啊！」

說時遲那時快，悠閒喝完冰的阿曾直接從桌上的資料夾裡，抽出了一張詳盡的地圖，帶著點驕傲的遞向了就近的童胤恒。

「這什……哇塞！」童胤恒簡直瞠目結舌，那是張連方位跟標記物都有的地圖，上頭的紅點全都是監視器位子就算了，「還有高度！」

「那當然，不這樣怎麼判斷瘦長人的身高呢！」要不是阿曾是短頭髮，他鐵定都想撥一下頭髮了，「這是我們全社的成果，在短短四小時內就查到的監視器們。」

康晉翊忍不住熱烈鼓掌，吳美谷等人怔然的看著笑到合不攏嘴的阿曾，她突然非常體會宋玟琦的感覺……這眞的太瘋了！

「你們……明知道有瘦長人還去啊？」林靖雯覺得心臟都快停了。

「我們成群結隊的！有計畫性的搜查，放心！」阿曾泛起微笑，得意洋洋。

「還是好危險啊！玟玉跑回去拿東西時，我們就在附近……是她尖叫我們就聽得到的距離耶！」黃曉韋搖了搖頭，「眞的太瘋狂了！」

「要探究都市傳說，不瘋狂怎麼行！」童胤恒笑了起來，「我們還有學長現在自己就是都市傳說了呢！」

咦？學生們有人打冷顫，有人一臉錯愕蒼白，也有雙眼熠熠有光的……眼睛越亮的，危險値越高。

「冷靜。」康晉翊指向靈玄社社長，「不要因爲喜歡就橫衝直撞，都市傳說沒有那麼和藹可親。」

「幾點出發？」汪聿芃把跟前的東西都推開，她點的炒麵都涼了！

簡子芸瞥了她一眼，也不是她急，是事不宜遲，「太陽幾點下山？」

「六點就天黑了。」葉牧芝相當確定，「那天我看見夕陽時是五點多，六點天就全黑了。」

「我覺得也不能太早吧，她怎麼寫來著？」小蛙趴上桌想看清楚，康晉翊已經指向關鍵字，「入夜喔……」

「保險一點，八點吧！」康晉翊推敲道，「不過我們手邊要拿出心愛的物品有點突然……」

汪聿芃默默突然把手機收起來，童胤恒見狀忍不住噗哧，是啊，現在大家最珍愛的東西都是手機吧？

「我們沒問題！」阿架一擊桌子，「有說帶幾樣嗎？」

「一樣，最珍惜的。」簡子芸強調了最高級，自然只有一樣。

「我沒問題，幾點在哪裡集合？」吳美谷也相當乾脆，一旁的黃曉韋倒是遲疑。

「喂，妳要用什麼藉口出去？」她咬著唇，「現在天一黑就不許我們出門了啊！」

不需規定的宵禁，孩子們的門禁都提前到五點了。

「爬窗啊！大家最高也才二樓怕什麼？」吳美谷瞟了幾個同學，「你們不敢也沒差，反正我一定會去！」

「我也會去。」周霖宇聲源肯定。

阿架倏地回頭瞪向周霖宇，「奇怪耶，你怎麼很熱心啊？」

周霖宇略蹙眉，「我在幫忙找回失蹤同學啊！只要有一絲機會就不放過不是嗎？」

「就是，學長本來就是心地善良又熱情的人啊！」張一秋眞是完全不遮掩她的喜歡，雙眼都冒愛心了。

「你不要是喜歡宋玟玉喔，我跟你說——」阿架居然還出聲警告了。

「我知道你喜歡宋玟玉，全校都知道，但我不是喜歡她，我純粹是想試著找回她！」周霖宇無奈極，「學長姐，如果交換禮物無效的話怎麼辦？再過一天就是第十二天了，就算沒有人傷害宋玟玉，她在外面十二天也會有危險的！」

是啊，如果交換禮物不奏效該怎麼辦？

看著眼前那麼多期待的眼神，連快餐店的阿姨都停下手邊的工作，滿懷希望的看向他們，這股壓力龐大的壓至。

這不該是他們的責任。

「那也不能怎麼辦，我們要是這麼厲害就去通靈了！」汪聿芃塞滿一大口麵說著，「找人不是我們的工作喔，我們只是大學生社團而已。」

小蛙抽了嘴角，他就喜歡外星女的直接，「對啊，問我們怎麼辦有屁用！她在外面十二天也不是我們害的，我們就只能有什麼線索就幫什麼……哈囉，我們是都市傳說社，目的是研究都市傳說，不是幫人喔！」

「小蛙！」康晉翊低聲勸阻，一個汪聿芃已經夠麻煩了，他添什麼亂啊！「我們只能盡全力，我們當然也是希望能盡一份力才來的。」

「但希望大家要想清楚，我們是幫忙，這不該是我們的義務或責任。」簡子芸柔聲的說，「能幫忙找到人當然最好，但我不希望找不到你們就要把錯推到我們身上。」

「說白點，我們又沒收錢！」汪聿芃直接補刀，「這不是工作！我們是來看瘦長人的！」

童胤恒倒抽一口氣，總不能叫他摀住汪聿芃的嘴吧。

葉牧芝悲傷的看著他們，為什麼聽起來好像……她給他們帶來什麼麻煩了？「我們知道的，只是想著能多一個希望……」

「那就好。」康晉翊微笑，但裡頭並沒有笑意，「各位先回去準備最愛的東西還有……交換禮物吧！」

簡子芸即刻拿過本子拍下範例照片，發給葉牧芝後再由她群發，學生們吱吱的討論著應該開一個大群組，才方便聯繫。

十分鐘後蔡志友就去趕人了，他們就是想要獨自討論才請學生們先回家，學生們在這裡助益也不大，人多嘴雜的拖延討論進度。

好不容易，快餐店終於只剩下他們了！童胤恒強硬的收起筆記本，要大家先吃涼透的飯，郝姨人如其名，人好得幫他們重新熱過。

「晚上要小心，大家不要落單。」康晉翊謹慎的交代著，「你們兩個……聽到或看到什麼，一定要彼此留意。」

他說的你們，是對著汪聿芃與童胤恒說的。

因爲他們一個看得見都市傳說、另一個聽得到都市傳說。童胤恒偶爾聽得見都市傳說的聲音，是不知爲什麼會有的惱人能力，聽見時總會頭痛到無法動彈，如針扎般痛苦，這是他極其不願擁有的力量！

相較於汪聿芃的「看得見」，他比較希望是……不，他其實都不希望。

「對，我也蠻擔心的。」蔡志友突然接話，「我剛看過那本本子，不管哪個版本，瘦長人必備技能都是催眠……你們一個看得見一個聽得到，要是被催眠應該是最容易的啊！」

「我覺得聽應該還好，看的話……」童胤恒看著汪聿芃，「瘦長人很高，但盡量不要抬頭好了。」

「唷？」一口飯塞在嘴裡的汪聿芃錯愕非常，「那無口零啦！我們不是就是要親眼看看沒有五官的瘦長人是長怎樣！是不是跟雞蛋一樣啊！」

其他人好想勸阻，小蛙到口的話又給吞回去，這種情況下他們誰都說不出阻止汪聿芃的話，因爲易地而處——誰不想抬頭看個仔細啊，可以的話還要拍照錄影咧！

「我不會被催眠啦。」汪聿芃不知道哪來的自信，「它又沒眼睛，哈哈哈！」

哈、哈、哈，眾人各自翻白眼，到底誰催眠一定是用眼睛的啦，電視上的催眠大師好歹也有用手錶或器具啊！

那……瘦長人如果眞的有催眠的能力，他是用什麼呢？

第十二天晚上，周霖宇鄭重的看著桌上用壓克力盒裝好的簽名棒球，心痛的闔眼，最終毅然決然的起身，將棒球放進了背包裡；再珍貴的東西，也不如人命重要。

偷偷探頭出房門想確定父母動態，小小的女孩卻架勢十足的雙手抱胸，仰望著他。

「哇！」他做出一副驚恐的樣子，「這麼凶，我做錯事了嗎？」

小女孩有雙圓圓的大眼，長得非常可愛，噘起小嘴指了指他，再指指樓下。

「噓……」周霖宇連忙食指擱唇，把妹妹拉進了房間裡，「妳這鬼靈精，怎麼什麼都知道啊？」

「你一直在說同學的事啊，你一定想去幫忙！」小女孩挑了挑眉，一副小大人的樣子，「我還看見你把腳踏車藏在窗外的籬笆那裡！」

呃……有個精明的妹妹眞是麻煩，問題是這丫頭才八歲耶！

「有人這樣莫名其妙失蹤，我想去幫忙找啊！」周霖宇輕聲的說著，「想想如果寧珮不見了，妳是不是也會去找？」

寧珮，是妹妹周伊樂的閨蜜……小學一年級是談不上什麼一生閨蜜啦，反正就是成天黏在一起的玩伴。

周伊樂歪著頭後，像是明白了哥哥的想法。

「哥哥喜歡那個失蹤的姐姐嗎？」女孩看著周霖宇，好奇的問。

揹妥背包的周霖宇無奈的看向天花板，重重嘆了口氣，「不是，怎麼大家都這麼問啊！」

「可是你之前又不認識她！但是現在好像要去英雄救美喔！」周伊樂邊說，

眼睛帶著點不快。

周霖宇輕捏了她的臉頰，「妳喔，不要看太多電影！哥哥不認識她，但知道有這麼一個人。哥哥喜歡的是……別人！但哥哥只是覺得我們這裡人這麼少，如果有綁架犯還是快點破案，這樣才安全！」

更別說因爲這件事，大家全部都宵禁，這才是慘吧！

「咦？哥哥喜歡誰？」小蘿莉果然都沒聽進其他。

「祕、密！」周霖宇輕點了她的鼻尖，「我要走了，妳要幫我喔！」

「你要怎麼去找那個姐姐？」周伊樂不解的皺著眉，「那個不是很可怕的人嗎？」

周霖宇輕笑，從包包裡拿出了棒球，「聽說可以跟那個樹靈交換禮物，拿最喜歡的寶貝，去換回那個同學。」

周伊樂驚訝的看著那顆棒球，她知道那是哥哥最寶貝的耶！「這個是——這是你在球場上接到全壘打耶！」

周霖宇泛起微笑，他還記得那個夏天，爸爸帶他去市區看棒球賽，一記全壘打意外地打到觀眾席，他亮著雙眼傻傻的伸手，接到了那個讓他發疼的球……還是他最喜歡的球員擊出的。

比賽結束後他拿著球得到了簽名，從此之後這變成他珍愛的物品。

「球跟人命比起來，哥哥覺得人命比較重要。」周霖宇是這麼說，眼裡依然盈滿不捨，「如果這個方法，瘦長人喜歡我的簽名球，把那個姐姐放回來那就值得了！」

周伊樂抬頭看著自己最最喜歡的哥哥，也熱淚盈眶，二話不說撲上前抱住哥哥。

她的哥哥，永遠這麼讓她自豪！

「我得走了！爸媽如果發現……」

周伊樂用力點頭，「交給我吧！」

周霖宇啾了她臉頰一下，轉身往窗戶去，輕手輕腳的就怕被發現，女孩也機靈的離開哥哥的房間，跑到外面去注意父母在樓下的狀況；樓下電視開得很大聲，爸媽正笑得合不攏嘴，周伊樂回頭發現哥哥已經不在了，跑進房間將窗戶關好、房門反鎖，把門上的「請勿打擾」牌字翻妥。

佯裝沒事的走回自己房間，哥哥拿最最珍貴的簽名球去，心一定很痛吧！

眞希望哥哥不要太晚回來，被爸媽抓到就麻煩了；哥哥做什麼她都會支持，因爲這世界上她最喜歡哥哥了……不過，哥哥喜歡誰呢？

成功離開家的周霖宇騎著腳踏車還刻意繞到妹妹房外去，二樓的周伊樂開心的揮手，周霖宇也朝她豎起大姆指，接著套上帽T，低著頭飛也似地騎向集合地點——後篩口。

他抵達時大家也陸續抵達，每個人都巧妙的繞路，走各種偏僻小路，就怕被巡邏隊發現；停下腳踏車時大家相互看著，每個人不是大帽子就是帽T，嬌小的張一秋跟葉牧芝還刻意穿了寬大的衣服，好瞞過路人。

每個人相視而笑，看來大家爲了隱藏蹤跡都做了差不多的事。

「東西都帶了嗎？」林子裡步出康晉翊時，引起一陣驚叫。

「——」張一秋直接躲到周霖宇身後去，「……學長！」

「你們早就來了嗎？」吳美谷是嚇到來不及叫，僵著身子看向從林子裡走出的人們。

「嗯啊！」康晉翊自然是稀鬆平常的模樣，手裡拿著宋玟玉的筆記本，「該準備的都……」

學生們揚揚手上的紙張，看來都備妥了；葉牧芝緊張的左顧右盼，奇怪的是爲什麼只有社長跟副社長？

「其他……人呢？」

「噢，大家分散了，他們去確認監視器的位子，要讓大家避開，好選擇適合許願的地點。」簡子芸拿起手裡的無線電，「我們分兩批出發，分別會有人指引你們方向……就從妳們先吧，葉牧芝跟吳美谷。」

黃曉韋拉著吳美谷幾分遲疑，為什麼不是她們一起啊？康晉翊這邊挑了周霖宇跟阿架，進入林子後要他們往左邊走，蔡志友跟小蛙在那兒等他們；右手邊則是汪聿芃與童胤恒。

學生們雖然很害怕，手電筒在林子裡亂晃，但是進去就看見不遠處揮動手電筒的學長姐，倒也安心不少。

這裡都是登山路徑，康晉翊認為可能不符合寂靜與偏僻，事先研究了路線，反正只要跟著記者的監視器方向去就是了，記者們鼻子都算靈，鐵定會綁在隱密的地方。

只要偏離登山路徑與樓梯，找個放眼望去都是森林又剛好是監視器死角的地方，再將兩個學生分別帶開兩公尺即可；從頭到尾，都市傳說社的人都陪著，也都讓彼此在眼界所能及的地方。

學生們均戴上帽子以防萬一，連口罩都戴起，就是怕被拍到，因為記者們還在遠方監控，也因為如此必須速戰速決，怕一個失手被記者瞧見他們入林，通風報信就麻煩了。

汪聿芃領著吳美谷、童胤恒陪著葉牧芝，也不去看她們許願，就等她們通知許願完畢後再帶她們回去，接著領下一組人進來；這樣速度也不算快，因爲要走段距離，加上來回的時間，所幸還是在半小時內完成。

最後一組是張一秋與黃曉韋，女孩子把重要的東西壓住紙，開始喃喃的向瘦長人交換禮物。

汪聿芃仰頭望天，天色好像更黑了？剛剛在她頭頂的星光不見了。

晚風突然刮起，吹動林子樹稍嘎吱作響，沙喀喀，沙……每一棵樹的枝椏交錯互擊，發出喀喀的聲響。

汪聿芃仰望著頭頂上交錯的樹枝，葉牧芝形容的正是這種聲音，沙喀沙喀，沙……

「好了。」張一秋起了身，聲線緊繃，感覺得到她非常緊張。

汪聿芃看向童胤恒，他略使眼色，黃曉韋仍在許願，非常認眞虔誠。

然後遠遠的，汪聿芃看見了移動的樹木！

「咦！」她瞪大雙眼，二話不說就朝童胤恒衝過去。

「怎麼回……」話都沒說完，汪聿芃跟風似地掠過他身邊，朝他後方全速跑去！

才站起身的黃曉韋被嚇得不輕，那個學姐突然就從她身邊衝向……森林深處！

「汪聿芃！」童胤恒根本措手不及，「汪聿芃——妳們兩個！結伴出去！快——小蛙，我這邊兩個女生幫我接應！」

張一秋立即嚇哭，黃曉韋焦急的上前拉過她，兩個人差點沒同手同腳的往來時奔出！

「怎麼回事？你們那邊有騷動!?」簡子芸緊張拿著無線電喊著。

「汪聿芃突然跑進林子裡了！我去追！」童胤恒沒忘再補充，「誰都不許進來！」

跑進林子裡？康晉翊吃驚的與簡子芸對望，「她是不是看見什麼了？」

看得見都市傳說的人——瘦長人來了嗎？

「走！立刻離開！」康晉翊對著外頭的人喊著，「全部回家去！」

學生們根本都嚇傻了，誰走得動啊！葉牧芝雙腳一軟癱在地上，還是林靖雯趕緊扶起她，每個都不自覺的發抖，這種氛圍，這種情況……

「瘦長人來了嗎？」阿架聲音打顫的問，「所以說，是有效的嗎？」

「什麼……對！對！」周霖宇驚喜的看向康晉翊，「是不是他來交換禮物了？把宋玟玉帶過來嗎？」

紊亂的手電筒從裡頭閃出，小蛙是半攙著張一秋走出來的，女孩跑到一半看見他們就腳軟，黃曉韋還算冷靜，但還是死抓著蔡志友不放。

「外星女搞什麼？」小蛙憂心如焚，「這種地方是可以隨便跑的嗎？」

「學生先回去！都走！」簡子芸推著發呆的吳美谷行動，「我們會再跟你們聯繫，立刻馬上回家！到家傳訊報平安！」

瘦長人如果出來了，每個未成年的都有危險！

吳美谷揪著胸口，咬唇衝向腳踏車，她動了，其他人才跟著趕緊行動，每個學生都手忙腳亂，葉牧芝還跌了兩次，張一秋必須由小蛙牽著她的腳踏車給她，否則連上車都有障礙。

康晉翊呆站在原地，望著掌心裡的無線電，幾度舉起又放下；蔡志友壓下他的手示意不能說話，如果童胤恒他們真跑了進去，無線電的聲響說不定會曝露他們的行蹤。

林子深處的人影從樹中移動，速度很快，但即使一閃而過，汪聿芃也能看見那不屬於正常人的身高。

「站住——」她大吼出聲，捕捉到西裝褲的一角，「停下來！」

汪聿芃！童胤恒一顆心揪緊，她自動出聲是怎樣啊，怕瘦長人不知道她在哪裡嗎？無奈他只是籃球校隊，再怎樣也跑不過短跑縣賽冠軍的汪聿芃！

有隻腳眞的遲疑了，原本要往前跨的左腳下方，汪聿芃幾乎可以清楚的看見黑色的西裝褲，還有那黑得發亮的皮鞋；漆黑中的光源只有她手上的手電筒，她靜下來朝那雙腳……不見了！

怎麼可能，剛剛她明明叫住他的。

「我們找宋玟玉，宋玟玉，一個國中女生！」汪聿芃站在原地，拿著手電筒高速轉圈，「剛剛大家都拿東西跟你交換了，請把女孩還回來！」

轉著晃著，每一個陰影都像是有人在那裡，汪聿芃握著手電筒的掌心都在冒汗了，哪裡……她知道他在這裡，這裡絕對有人！就在這些樹後，在某一棵看起來像樹但其實……剎！

樹枝勾住了她的頭髮，向後挑了起，還卡到了打結處的一扯！

「哇！」汪聿芃嚇得撫住後腦杓倏而回頭，手電筒因此掉落在地！

「汪聿芃！」童胤恒總算趕到，看著落在地上的光源，隱約的人影就跌坐在旁，「怎麼了？」

「……沒……沒事！」她按著頭髮，驚魂未定，「我的頭髮好像被樹枝勾到了！」

喔，天哪……童胤恒低下頭，他真的會被嚇掉半條命！手電筒朝汪聿芃照過去，「只是樹枝勾到妳叫……」

得這麼大聲想嚇死人嗎？

這句話童胤恒沒說出口，坐在地上的汪聿芃仰望著前方，瞠目結舌。

她身後的樹，樹枝全向上伸展懷抱天空，而且離地面最近的分枝，至少還要有一個蔡志友那麼高才對。

根本不可能有任何東西，能勾起她的頭……髮……

瘦長人剛剛，就站在汪聿芃的身後。

剎——就在眼前的樹後，人影疾速閃過，汪聿芃當下跳了起來，抓起手電筒就要追，「站住！」

「汪——」童胤恒急忙要跑過去攔阻，但一陣風吹過樹……不對！那樹枝顫動的聲音，是從腦子裡傳來！「唔！」

刺痛感瞬間襲擊他，那是由內而外的痛，童胤恒當即鬆開了手，直接跪倒在地！

聽見聲音的汪聿芃驚慌回首，瞧見隻腳跪地、狀似痛苦的童胤恒，她明白，他聽見都市傳說的聲音了！每次他聽見時，總是會頭痛不已，全身僵硬無法動彈！

一邊是瘦長人……她的手電筒朝前亂晃，眞的看到那黑色細長的身影在樹間雀躍的奔跑，她幾乎可以確定那像極過度歡快的步伐，簡直像一種挑釁！後頭是痛苦到無法動彈的童胤恒，她咬著牙，最終回過了身！

「童胤恒！」她滑到他身邊緊緊護住他，「沒事，我在這裡！」

「唔……」童胤恒咬著牙，太痛了，他腦海裡傳來大風吹動整片樹林的聲音，沙咖沙咖，痛死了啊！

「我們走，我們得走……」汪聿芃不客氣的使勁把童胤恒朝地上推倒，一巴掌就揮了下去，「我們立刻就得走！」

粗暴的一推一打，童胤恒才能清醒般的望著她，聲音的確自腦海裡退去，取而代之是眞實世界裡那風刮樹稍的聲響；殘餘的頭痛略微影響著他，在汪聿芃支撐下站起身，不敢遲疑的就往林外跑。

兩個人的步伐踏在土地上、或踩過斷枝枯葉，劈啪聲不斷，可是那沙喀的聲音依然如此的近，像是在他們周邊；汪聿芃眼尾偷瞄，她甚至可以看見另一個頎長的身影，在與他們相距在五公尺外的黑暗林間，與他們同步的奔跑、移動，每一步都是他們的好幾步，跨得又大又豪邁。

就跟著他們。

「小蛙——蔡志友！」汪聿芃扯開嗓子呼救！

啪沙沙，在某個瞬間聲音突然轉向，汪聿芃與童胤恒正在左轉時雙雙回眸，看見的是同時也從林木間拐彎，朝他們衝來的高大身影——他們只看得見西裝，以及不尋常的大長腿！

「不要往上看！」童胤恒及時掩住抬頭的汪聿芃，他當然知道她一定會向上！

扭過她的頭，拽著汪聿芃就朝林外跑去，聽見呼叫聲的小蛙跟蔡志友已經衝進來了，只看見手電筒刺眼的燈光到處亂晃，他們勢必看不見就在他們身後的瘦長人！

「關掉手電筒！」童胤恒高聲喊著，「我們在這裡！快拉我們出去！」

拉？這個詞用得令蔡志友覺得不妙，「可能出事了，我左你右，拽了就跑！」

「好！」小蛙也不多問，剛剛已經瞧見了童子軍他們，方位上沒問題的。

汪聿芃幾度想回頭，童胤恒咬著牙制止她，每一次的回頭只會拖延時間，他們焦急的往前衝去，小蛙一趕到便抓住了童胤恒的手，蔡志友則粗暴的扯過汪聿芃，頭也不回的往林外帶。

林子外的康晉翊打開手電筒爲他們照明，卻看見高處的樹稍們劇烈局部顫動，不尋常的局部……

「那是什麼？」連簡子芸都察覺到了，她將手電筒舉了高。

「不要照——都關掉！」童胤恒一發現燈光移動，連忙大喊，「關掉！」

咦！簡子芸嚇得立刻放下手電筒，康晉翊也立刻關上，但是他無法忽視那追在他們身後的東西，移動的樹稍一波波的逼近著他們……他緊張的握住簡子芸的手，亦拉著她往林外再退了幾步。

退離樹林之外，這樣也能給童胤恒他們足夠的空間。

剎——小蛙幾乎是扣著童胤恒滑壘而出的，汪聿芃則是被蔡志友推出來，但在她被推出的瞬間，她卻利用力道硬是回過了身。

一隻樹枝大手伸出了樹林邊界，後頭是穿著黑色西裝褲的削瘦長腿……

「你要什麼?」汪聿芃急著發問了,「那個被你帶走的國中生呢?」

童胤恒聞言,嚇得跳起立即抱著她往地上壓,「汪聿芃!別看!」

沙喀……沙喀,在場的都聽見了那樹枝晃動磨擦的聲響漸而遠去,康晉翊戰戰兢兢的偷偷回身,看見的是那樹稍一簇一簇的晃動著,偶有驚鳥飛出,像極了有什麼正往樹林深處走去。

「……靠!就是他嗎?」小蛙坐在地上反身向外,「瘦長人?」

被抱在懷裡的汪聿芃兩眼發直,腦海裡都是那比他們還高出一倍的腿,「那不只兩公尺高……絕對不只,光是腳就超過一公尺了!」

「這是巨人嗎?」蔡志友也癱坐在地,上氣不接下氣。

「好像電影裡的樹人,更高更瘦……」康晉翊抬頭看著這片樹林的高度,那個瘦長人究竟有多高大啊!「但我眞的看見西裝褲。」

簡子芸抑制不住顫抖,得用左手握著右手才能壓抑住。

「發生……什麼事了?」她抖著聲調問。

躺在地上的童胤恒痛苦的閉上眼,終於吁了口氣。

「他說,他喜歡新禮物。」交換禮物這招,似乎是成功了。

「咦?」趴在他胸前的汪聿芃撐著起身,困惑的看著身下的童胤恒,「那宋玟玉人呢？」

剛悄聲關上窗子的周霖宇感受到包裡手機的震動，他掌心全是汗，心跳快到快跳出來，剛剛發生什麼事他渾然不知，只知道學長姐臉色很難看的突然趕他們走，林子裡似乎發生了什麼事。

交換禮物成功了嗎？所以瘦長人出現拿走他想要的禮物，那就會把宋玟玉還回來嗎？

家裡相當平靜，看來父母還不知道他們溜出家門的事，把包包取下先拿出手機，回傳平安訊息後也大大鬆一口氣……簡子芸傳訊到群組，告訴大家平安無事，請大家好好待在家裡，也不要再跑去林子。

所有人都安全的返家，而且全部沒被發現偷溜出家門的事。

呼，感受著背部被冷汗浸濕，將背包掛上門後掛勾，看見反鎖的門，不由得會心一笑，周伊樂真的是全世界最可愛的妹妹，幫他掩護得很全面嘛！還反鎖房門！悄聲打開門，外頭的門板上的果然已被翻到「請勿打擾」那一面。

樓下電視聲依然不小，父母正有一搭沒一搭的閒聊，周霖宇敲敲妹妹的房門，手裡拿著一條巧克力準備感謝。

「周伊樂？周伊樂？」他低聲說著，「我進來囉？」

又等了幾秒，周霖宇皺著眉悄悄轉開門把，想朝裡頭偷開一小縫，這丫頭該不會睡著了……咻……一陣風刮至，差點把門給吹上，周霖宇趕緊進去妹妹房間，發現她面對門的窗子竟然大開。

「窗戶開這麼大不怕著涼嗎？」正準備關上窗子時，周霖宇卻赫見窗台上的繩子！

由衣服紮成的繩子從床頭一路順到了下方，周霖宇心涼了半截，攀著窗戶往下望，衣服的長度只到一樓的一半，但八歲的孩子輕又靈巧，更別說他那個妹妹可是柔軟度驚人！

「周伊樂？」他驚慌的開始在房間裡搜尋，「不許鬧！出來！」

一轉身，一桌的故事書還有本塗鴉本攤開的擱在那兒：「我也想去幫哥哥，早點找到那個姐姐！」

伊樂！

第五章 交換了什麼？

「都市傳說社」抵達的那夜，K鎮在晚上十一點亮起了所有的燈，所有的大人都出來在巷間田裡呼喚著一個小女孩的名字，連廣播系統都一遍遍的呼喚，周霖宇的妹妹竟學哥哥爬窗外出，疑似跟著跑進後山森林，爲了一起找尋失蹤的國中女生。

「都市傳說社」帶學生進入樹林的事隨之傳開，差點被趕出民宿就算了，民宿阿姨態度變得超差，而且隔天一早鎮長區長警察全部蒞臨，搞得他們像綁架犯似的。

誰會知道那個小女孩去了哪裡？當時他們人都在後山，對小女孩的行蹤一無所知，接著提到瘦長人，鎮長語重心長的請他們不要再用都市傳說來嚇人，這是以恐懼控制人心，甚至造成危險影響——現在失蹤的周伊樂就是一個活生生的例子。

「她自己離開家裡爲什麼要怪我們？」汪聿芃難得動氣，「跑來質疑我們就已經不合理了，有那個時間應該快去找人吧？」

「你們晚上帶學生進後山已經很過分了，你們明知道宋玟玉才失蹤！」區長也不客氣的與汪聿芃對嗆。

「我們都是集體行動，學生的安全我們也謹慎顧及。」康晉翊按捺著汪聿芃，由他出面跟長輩說說，「宋玟玉失蹤時是落單，如果真是綁架的話，不可能挑這麼多人在時下手，如果是……瘦長人的話——」

「孩子們眼花，你們別跟著亂！」民宿阿姨隨之嚷嚷，「就是你們一直宣傳瘦長人，嚇得大家不敢出門，更害小朋友好奇心的跟去！」

「你們不相信有瘦長人？你們以前不是遇過嗎？」童胤恒嚴肅的望著他們，「看見的不只葉牧芝一個吧？」

「唉，那是樹靈，而且根本沒人見過啊！小孩子看見什麼自己都不清楚吧！別提那些有的沒的！」鎮長揮揮手，敷衍至極，「總之，我們已經很努力在找人了，當初讓你們來是因爲可以把那些媒體趕走，沒事的話你們也差不多該回去上課了！」

「有點難喔！」小蛙居然一臉得意，拖著腳步到櫃檯邊拿過電視，「你們都還沒空看新聞厚？」

啪的一點開，新聞台的背景是夜光監視器，拍攝到戴著帽兜的人們在林子穿梭，甚至還有蹲在地上許願的姿態。

簡子芸暗暗微笑，他們提早進去查看監視器的位子，爲的就是能讓媒體巧妙拍到『疑似有人』進入的畫面，記者稍早私訊粉專詢問時，康晉翊大方承認他們冒著危險在晚上進入森林，想找瘦長人。

只要大眾還在關心這件失蹤案，給他們的幫助就會更多。現場一片譁然，連媒體標題都打「都市傳說社前往K鎮協助」，現在趕他們走好像很不應該啊！

汪聿芃轉頭看著電視出神，大家看的是一再重複的監視鏡頭，她想看的是——她倏地站起，像是想到什麼似的往外衝。

「汪聿芃！」童胤恒伸手沒抓到，立即跟著跳出去，「散會了啦！」

汪聿芃一出民宿外，拉了腳踏車跳上就騎，童胤恒緊追在後，其他明知跟不上的人只能作罷，接著便請不相干的人離開，至少他們還是住在這間民宿的客人，不管是派出所所長還是鎮長或是誰，都已經打擾到他們了。

「汪聿芃，妳要去哪裡？」童胤恒趕到她身邊。

「監視器啊，昨天瘦長人追著我們時的沿路是不是也有監視器？」她瞪圓眼說著，「有哪個鏡頭拍到了嗎？」

啊……意識到汪聿芃往後山方向騎去，童胤恒不免有幾分遲疑，昨天那聲音彷彿一直在他腦海裡迴盪，沙咖沙咖的不絕於耳，整夜他都沒睡穩。

「我們有分佈圖，抓個方位請那間媒體查看不就好了？」沒事他實在不想再進林子裡。

「現在是白天，我們小心一點就好！」汪聿芃擺明鐵了心要去，「而且你不是說，聽見瘦長人喜歡這些禮物嗎？」

如果喜歡，交換的話——爲什麼宋玟玉還沒回來？

知道拗不過汪聿芃，童胤恒也不再多說什麼，只是一路跟著她來到通往山路的小徑外，如同昨晚般的扔下腳踏車，徒步往裡頭去。

中間簡子芸傳訊息來，他們會持續從別的方向探究瘦長人，請他們萬事小心……小心啊，童胤恒望著現在看上去金光燦燦的樹林，他根本不知道從何小心起。

白天的林子看上去相當明媚，金光透過綠葉散滿一地，微風和煦，樹葉沙沙……是啊，這舒服的沙沙聲響，與那樹枝互敲的聲音截然不同。

「別走太快。」童胤恒伸手扳過汪聿芃的肩頭，「一陣霧就能讓宋玟玉消失，妳可別離我太遠。」

汪聿芃回頭望著他，笑得燦爛，「好！」

突然乖巧的待在他身邊，這反而讓童胤恒覺得無奈，自然的握起她的手，他認眞覺得這才是萬無一失的辦法。

他們先去看小蛙他們負責的地帶，現在已經沒多少人會來這裡爬山，所以昨晚學生置放的物品及許願單都還存在，看著大家拿出自己珍愛的物品想換回宋玟玉，童胤恒內心是有些感動的。

「這不是三冠王嗎？」汪聿芃吃驚的看著周霖宇放下的禮物，「他有簽名球耶！」

「他說他跟宋玟玉不認識耶，這種球也肯拿出來交換？」童胤恒既驚訝又狐疑，「妳會對不認識的人做到這地步嗎？」

只見蹲在地上的汪聿芃遲疑著，下巴在交疊的手臂上頂啊頂的，這問題似乎相當困擾她。

「不一定耶……說不定會喔！」她劃滿微笑，「有時只是想救人，自己覺得值就值了，而且也不一定認識的人就值得花費心思去幫忙啊……你看社會上不是有更多例子是連親人之間都不值得幫的？」

看著那抹微笑，童胤恒全然領會到其中的苦澀，他將那盒子拿起，下頭壓著的紙張被風吹動。

儘管有滿腹疑問，但童胤恒不知道如何開口，例如他覺得汪聿芃抗拒來K鎮是因爲她老家在附近，當初發生人面魚世界時，她曾遇過一個同鄉，但在那之前或之後，汪聿芃卻沒提起過她老家的事。

進而尋思，他才意識到除了她自己腦迴路怪怪的外，汪聿芃從未提過自己的家人或是大學生以外的生活。

但一個人不想提自有她的理由，身為童子軍的他，覺得逼人家說出，好像是一種軟性逼迫，逼他人表態他辦不到。

接著他們前往他們的地盤，與小蛙他們負責的方向相反，那天到這裡擺的有吳美谷、張一秋、黃曉韋及葉牧芝；之前就抓好位子，大概是方圓兩公尺內的四棵樹，一一檢視之際，汪聿芃也試著回憶瘦長人的位子。

昨晚，他是從哪裡接近她的？

「咦？」繞過樹後，童胤恒突然驚覺不對，「這什麼？這個是的？」

「怎麼回事？」汪聿芃聞聲立即回神衝過去！一到那樹根旁，卻什麼都沒看見，「什麼啦！」

「這裡，我確定黃曉韋是在這裡許願的！」童胤恒斬釘截鐵的指著他負責的樹，「但是她的東西呢？」

汪聿芃一怔，蹲下來四周觀看，「總不會放什麼吃的，被野獸拿走之類的吧？」

「她們怎麼可能帶食物過來，最珍貴的東西耶！」童胤恒向左後方回首，基本上這角度就能見到吳美谷的木盒子擺在那兒，許願紙張也擱在裡頭封好的。

黃曉韋的東西並不小，不是那種拽在懷裡或放在口袋裡就行的，約莫兩個手掌大，所以她拿在手上時看起來有些重量，他才印象深刻。

「他喜歡這個禮物……對！他喜歡，所以拿走了！」汪聿芃驀地跳起身，朝著林子深處高喊，「這是交換禮物，東西拿走了，你該還的東西呢？」

童胤恒無力的嘆息，「我沒有很喜歡妳跟他聊天……」

萬一瘦長人眞的回答的話，也是他先聽見啊，他聽得見都市傳說的聲音，那會讓他刺痛到動彈不得！

「交換禮物的梗是有用的，至少東西他拿走了，那宋玟玉就該回來，大家應該都是希望換回她吧！」汪聿芃期待著原地轉著圈，總覺得應該要有點線索的，這個版本的都市傳說之前他們都不知道，居然挑個最珍惜的東西交換就行了！

童胤恒倒沒這麼樂觀，距離大家交換禮物至今已經超過十二個小時了，卻沒有任何宋玟玉回來的跡象，或者她可能失蹤過久，說不定就算回來也沒什麼氣力……

嚓嚓，鞋子拖地聲陡然傳來，童胤恒僵直了背，倏地回過身去。

「聽見了嗎？」他低語著，伸手向汪聿芃，「有人！」

汪聿芃也順著他轉的方向，睜亮一雙眼瞧去，天色這麼亮又沒有霧，別說瘦長人了，就算是動物她也都能瞧得一清二楚！

小小的步伐拖著，女孩一臉茫然的穿過密林，朝著童胤恒走過來。

他們曾有一度的錯愕，看著那嬌小的身影走來，望著他們的小臉蛋開始哭泣，才回過神來。

「哥……哥哥──」

周霖宇的妹妹，回來了。

無法形容的複雜心情，在學生間漫開，吳美谷幾度欲言又止，最後只能拼命灌著桌上的珍奶；周霖宇一家向警察幾度道謝，他還跑到童胤恒與汪聿芃面前，激動的感謝他們找回了妹妹。

「沒、沒事，只是巧合。」童胤恒尷尬得不知道該怎麼表示，「我覺得要謝的話，是要謝……黃曉韋吧！」

黃曉韋劇烈的顫了一下身子，惶恐的抬頭，又是一個不知道該說什麼話的人；葉牧芝揪著裙角，淚水忍不住滑落，這個法子奏效了，瘦長人拿走了黃曉韋珍愛的東西，但還回來的卻是……周霖宇的妹妹？

宋玟玉呢？大家是為了要玟玉啊！

「妳換什麼啊！妳沒事跑離家做什麼！」果不其然，警局外衝進了失控的阿架，「回來的應該是宋玟玉！不是妳！」

「喂！阿架！說什麼咧！」警察立刻阻止阿架，周家一家的笑容頓時凝結。

周霖宇幽幽的轉向吳美谷，他當然知道這等沉悶從何而來，找到周伊樂全鎮都欣喜若狂，唯獨吳美谷等人陷入一種不知道該笑還是該哭的窘境。

如果周伊樂不亂跑、不跟著周霖宇潛入林子、不遇到瘦長人的話，現在回來的說不定就是宋玟玉了。

周霖宇心裡也明白這一點，但人都是自私的，宋玟玉與妹妹比起來，孰輕孰重一目瞭然，事情再重複一百次，他也是寧願回來的是寶貝妹妹，而不是宋玟玉；所以他不敢正眼瞧吳美谷或是任何同學，默默的想趕緊帶著妹妹離開警局。

「妳有見到宋玟玉嗎？」阿架二話不說突然蹲下來，抓著周伊樂的手開始瘋狂搖晃，「妳有沒有看見她？穿著制服的女生？妳是不是搶走她自由的位子？」

啊啊……周伊樂嚇得當場哭了起來，「哇——哥！哥！」

「阿架！」周霖宇緊張的試圖抓開他的手，但阿架根本抓不開，死命的搖著周伊樂，「你不要這樣，周伊樂什麼都不知道！」

「她在林子裡一整夜什麼都不知道是要騙鬼嗎？」阿架氣急敗壞的起身，不客氣的推了周霖宇，「這麼小的女生，自己能走出林子？」

「她就是迷路了，躲在一棵樹下哭到睡著，隔天天亮後繼續移動而已！」周霖宇連忙架住了阿架，「對，她走出來是幸運，但她沒有見到什麼瘦長人！」

「沒有沒有，我什麼都沒看見！」周伊樂看著兩個哥哥的爭執，哭得更大聲了，「我只是走，一直走一直走——」

就算受到指引，說不定小女孩也不知道吧？簡子芸心中這樣想著，如果眞的是瘦長人所為，要困住誰放走誰，都是輕而易舉的事。

「不要再提瘦長人了！無稽之談！」周爸爸怒吼出聲，尾音未落卻回頭狠瞪了康晉翊他們一眼，「你們可以離開了！」

「喂，喂喂喂！」小蛙一擊桌面，從椅子上跳下來，「這什麼態度！我們如果提早走的話，你女兒就爛在裡面了啦幹！」

小蛙！簡子芸揪著心口覺得他說得太嗆，但行動上完全不想阻止！

「知不知道感恩啊，你女兒能回來還是託我們的福咧！」蔡志友也不爽的起身，高抬下巴的睨著周家人。

周霖宇知曉一切，趕緊勸慰父親不要這樣說話，事情多少眞的跟「都市傳說社」有關，他更知道，是黃曉韋獻出的禮物讓瘦長人喜歡了。

「馬的，這裡待了眞煩！」小蛙連聲髒話的離開警局，「我們走了啦！」

注目禮再多，他們也不以爲意了，大家都扳著臉往外走去，吳美谷難掩失落的領隊起身，歡呼也不是、難過也不是，他們心裡的矛盾根本無人知曉。

「不管怎樣，黃曉韋給的東西瘦長人喜歡。」葉牧芝消極的說著，「至少救了一個回來。」

「但我們心底希望的是宋玟玉。」林靖雯倒不諱言，「周伊樂回來我們自然爲她高興，但是……忙了一遭，想救的明明是宋玟玉！」

那許願紙下，寫的是宋玟玉的名字啊！

「所以妳給了什麼？」不知何時，汪聿芃從一旁發聲。

黃曉韋差點沒嚇得叫出聲，驚愕的轉向後方，沒注意到童胤恒跟汪聿芃殿後。

「做個參考，說不定能再試著換換看。」童胤恒心裡的盤算也是如此，送人禮物，總是要正中下懷。

「我送了……一個音樂盒。」黃曉韋說得很虛弱，「上面有個芭蕾舞娃娃那種……」

「嗄？」張一秋不禁驚嘆，「這麼簡單？這不是很普通的東西嗎？」

「沒有很普通！那是我、我最珍惜的！」黃曉韋不滿的嗆著林靖雯，「那是我爸去世前給我的最後一件禮物！」

吳美谷立即止步，回身伸手抵住了林靖雯的肩頭，「道歉，說那什麼話！」再漂亮的臉扳起臉還是異常嚴肅，汪聿芃可以看出林靖雯的恐懼，她縮了縮頸子，趕緊回身朝向黃曉韋鞠躬道歉。

「我不是故意的，我不知道……」林靖雯絞著手，看上去很緊張。

「沒關係啦，美谷！」黃曉韋微搖首，示意她不必這麼嚴肅。

「不知道不是擋箭牌，既然不知道就該更謹慎說話。」吳美谷沒當回事，要林靖雯再道一次歉。

氣氛有點僵，吳美谷完全展露了她是這群體的老大，在這喝令之下，葉牧芝跟張一秋都不敢吭聲，只是默默站在一旁。

「所以瘦長人喜歡音樂？還是音樂盒呢？」童胤恒趕緊打破僵局，「我們今晚再試一次，去買些音樂相關的東西。」

「再試一次嗎？」張一秋遲疑著，「但是我們今晚要出去是不可能了！」

昨夜這麼一鬧，他們都被家長罵得要命，今天哪可能出去！

「沒關係，我們去就好！」汪聿芃倒是輕鬆，「我們可以去挑，找最喜歡的禮物去換！」

「都市傳說是可以這樣唬弄的嗎？」康晉翊揚聲走回，他也早想到這招。

「可是都市傳說又不一定瞭解我們。」汪聿芃倒不以爲然，「只要我在買時是極珍惜的，那就好了啊！」

「我覺得可行，總之試試，再不快點我怕宋玟玉眞的救不到。」簡子芸手裡拿著筆記本，「蔡志友跟小蛙就別去了，有別件事需要幫忙。」

「什麼？」小蛙聞言立刻滑步而去，他看得懂簡子芸的神情，嚴肅異常。

簡子芸昨夜把頁角的數字抄下來，排列組合、或是快速翻動書頁後，始終得不到答案，但讓她介意的是數字旁的黑點，原本以爲只是不小心點到的，但她後來也把點排上，總覺得有些介意。

「這裡有過類似瘦長人的傳說，他們認爲是樹靈，之前新聞也報過當年有過失蹤案，可是這兩天感受到的是：K鎭不喜歡提瘦長人。」簡子芸挑了眉，「總是避重就輕，就是越有問題。」

後面那句「越有問題」，大家心照不宣。

「我會去找長者打探。」蔡志友瞭然於胸。

「好。」一邊說著，簡子芸打開夾有紙條的筆記本，小蛙不動聲色的撫過頁面時，將那張紙條收入掌心。

連學生也要瞞嗎？他衝著簡子芸笑，有時他覺得簡子芸實在太過小心！才準備再說些什麼，一堆大人突然騎車過來，氣急敗壞的吆喝著，全是學生們的家長，眼神帶著怨氣的看著他們，一一的把孩子叫回家，深怕跟著「都市傳說社」的人久了，又會出事。

連吳美谷都只能不爽的跟媽媽回去，葉牧芝被罵了個狗血淋頭，請這票大學生來的錯全怪罪於她，粗魯如阿架的男孩果然有個更凶惡的父親，二話不說扯著他的頭髮，簡直是用拖的拖回車上。

汪聿芃看著那行爲，上前想要說些什麼，立刻被童胤恒拉回。

「喂！」她不爽的瞪向他，「我們什麼都不做嗎？」

「妳能做什麼？」童胤恒溫聲按捺，「他在管教自己兒子，要帶他回去，我們說什麼都不對啊！」

「他可以不要這麼用力……」汪聿芃說著，聽見車門甩上的聲音，已經來不及了。

但童胤恒說得沒錯，她能說什麼？不要這麼粗暴？阿架他爸只要嗆我在帶我兒子回家妳管什麼，她能做什麼？這種地方家暴專線根本沒有用，而她的插手，說不定只會讓阿架遭受更可怕的對待也說不定。

有時候，人們自以爲的善心，往往反而會害到想幫助的對象。

學生們被一一帶回去，童胤恒更能感受到敵意了，對於他們、以及「意圖探究」瘦長人的敵意，這種排拒，反而令人起疑。

兵分兩路，康晉翊他們去找合適的禮物再交換一次，蔡志友跟小蛙默默的騎車離開，他們除了要去找老人家聊天外，還要試著進入圖書館。

有簡子芸給的紙條，上面只有一串數字，那一長串的號碼，像極了索書號。

周霖宇默默的退出了與「都市傳說社」的群組，吳美谷看著上頭刺眼的字樣，一股悶氣在腹中燒灼，難以排解。

阿架說得一點都沒錯，他妹妹就是程咬金啊！

『如果不是他妹妹，宋玟玉早就回來了！』她簡直不敢相信，會出這麼大的岔子，『八歲的小孩就該乖乖待在家裡，爬什麼窗！』

『唉，妳也不是不知道，他們兄妹很好啊！』葉牧芝知道大家的悶，『她只是想為哥哥分憂解勞吧！』

『分個頭，又多一天了，我都覺得宋玟玉處境危險！』吳美谷咬著指甲難以解氣。

『學長也不想的嘛！不然他也不會拿簽名球去救宋玟玉了！』張一秋連忙幫周霖宇說話，『我看他這樣退出，眞心疼！』

『心疼個屁，妳面對帥哥說話都不中肯啦！』吳美谷早知張一秋的習性。

『哎唷，我很明理耶，學長一定是不得已的啦！』

始終沒開口的黃曉韋最終嘆了口氣，『這件事誰都怪不了，周學長的難過也不亞於我們任何人，別忘了他一開始一心想救玟玉……八歲的小孩妳們該怎麼控制？』

『如果能跟妹妹說清楚就好了，周伊樂是個兄控啊！』葉牧芝說得囁嚅。

『沒有這麼多如果了！玟玉就是沒救回來！』吳美谷坐在書桌前，氣急敗壞，『好不容易、好不容易奏效了，瘦長人喜歡曉韋的禮物……』

黃曉韋也只能嘆息，人算不如天算。

『我只希望學長姐今晚能成功，我不敢想像宋玟玉得在那裡待多久。』葉牧芝祈求著，眞心誠意。

是啊，希望這次可以成功，希望瘦長人依然喜歡音樂盒。

『好了，先這樣吧！』吳美谷結束了群組通話，心裡的鬱悶依舊未曾舒解。

原本，現在大家可能都在醫院裡，陪伴著歷劫歸來的宋玟玉了……結果卻因爲一個八歲的小女孩，讓一切變調。

她眞的希望，學長姐今夜能成功，眞的……唰咯！咯噠咯噠……

吳美谷抬起頭，皺著眉看向右斜前的窗子，今晚的風也太大了吧，一直吹著窗外的樹嘎吱作響，過長的樹枝一段時間若是沒修剪，就會往她的窗外刮呀刮的，應該要跟爸爸說一下了！

透過外頭的燈，可以看見樹枝貼在她窗外磨擦著，沙咯沙咯，讓已經夠不爽的吳美谷更加心浮氣躁。

「煩死了！」她忍不住尖叫著，「我自己來！」

不過幾根枝椏而已，她折斷就好了！氣急敗壞的抓起剪刀，走到窗邊唰啦的拉開了窗戶——在一點鐘方向，那樹木隨風搖擺著，吳美谷有幾分的驚愕。

等等，對啊……她的窗前沒有樹木啊，最近的樹離屋子有三公尺遠，去年就把樹移開了！

那剛剛在她窗子上刮動的樹枝是……背脊驀地發涼，右耳依然傳來沙喀沙喀的樹枝敲擊聲……吳美谷還是往右邊轉了過去。

那人影就貼著牆、就站在她的窗邊，他的左手自然的曲著，五根如同枝椏般的手指正在舞動，手腕處是黑色整齊的西裝，她還能見到閃著金光的袖扣。

他仰頭望向漆黑的天空，彷彿在觀月般，她會用「彷彿」，是因爲「他」眞的沒有五官……雙手撐在窗櫺上的吳美谷瞪圓了雙眼，她忘記尖叫，這是她第一次看見瘦長人。

也是最後一次。

沒有五官自然沒有言語，那如蛋般光滑的臉蛋驀地朝她轉過來，吳美谷倒抽一口氣，這才意識到應該要離開窗邊，應該要——刹！

修長的手指舉起，瞬間朝她的雙眼刺來，吳美谷連尖叫都來不及，因爲瘦長人的姆指同時也插進了她嘴裡。

瘦長人略轉了身面對癱在窗邊的女孩，她身子已然癱軟，而他只是好奇的舞動著右手手指，在她的眼窩與咽喉裡搗鼓著，血與眼球碎塊順從眼窩裡汨汨流出，他很清楚的感受到後腦杓腦殼的硬度，在腦子裡的手指還敲了幾下。

歪了歪頭，瞅著低垂著頭的吳美谷，鮮血自她的眼窩與嘴裡大量流出，轉眼間滴上了窗櫺，滑上了牆……瘦長人雙指一扣，勾住了她的眼窩，開始搖晃著她的頭。

啪啦啪啦，腦漿血塊朝兩旁飛濺，癱軟的身軀也像木偶似的晃動。

瘦長人最後直起身子，狀似認眞的面對著吳美谷，這次連口腔裡的姆指也給扣緊了，三指使勁一勾，將吳美谷整個人從窗子裡拖了出來。

沙喀……高瘦的男人回過身子，大步離開了三層樓的透天厝，右手三根指頭拎著嬌弱的身軀，在夜色裡晃著。

沙喀沙喀，他的左手舞動的，尖而長的枝椏手指像是開心的響起節奏。

沙喀沙喀，他的右手拎著像娃娃似的吳美谷，走到了馬路對面的行道樹裡，一眨眼就失去了他的蹤跡。

突然掩耳倒下的童胤恒令眾人措手不及，他整個人跪地卻依然不穩，撞到了一旁的大樹，緊接著倒上了地，壓到了昨天學生們置放的交換禮物！

「童子軍！別嚇人！」康晉翊連忙到他身邊搖著，「聽見什麼……天哪！瘦長人往這裡來了嗎？」

隔數步之遙的簡子芸趕忙衝過來，腳踢到了地上的盒子還差點絆到，緊張的左顧右盼，「在哪裡？他來了嗎？」

童胤恒蜷在地上雙手掩耳，痛到咬牙說不出話，只是全身抖個不停。

「汪聿芃！汪聿芃——」康晉翊大喊著，人呢？

大家分別在附近的樹下放置禮物，她能多遠？

十公尺外的汪聿芃默默拾起地上的音樂盒，盒子早已損壞，而且……上面的芭蕾娃娃不見了。

「汪聿芃！」

簡子芸的尖叫聲傳來，她握著盒子疾步走回去。

她還沒走到，童胤恒的情況便已舒緩許多，聲音沒有折磨他太久，但依舊能使他暫時虛弱得難以動彈，癱躺在地。

「妳去哪裡了？」簡子芸一見到她，焦心衝上前，「我還以為妳……」

「他不在這裡。」汪聿芃幽幽的說著，舉起手上的盒子塞給簡子芸。

咦？簡子芸錯愕的看著摔壞的盒子，軸心已然斷裂，她打開盒子的瞬間，殘餘的音樂飄了出來。

康晉翊驚愕回首，音樂盒？

轉盤依然轉動著，但上面的娃娃不見了！汪聿芃看見被推到一旁的盒子，彎身拾起，惦在掌心上不由得蹙起了眉。

「還好嗎？」她來到童胤恒身邊蹲下，這時的他已經倚著附近的大樹坐起身。

「不太好，又是那個聲音……」童胤恒痛苦的嚥了口口水，「這一次聲音有點不同，但是我好像還是聽見……他喜歡這個禮物。」

「可是……黃曉韋的音樂盒還在啊！」康晉翊走到簡子芸身邊，看著那個毀壞的音樂盒，「難道他只要上面的娃娃？」

汪聿芃搖了搖頭，把手裡的盒子放到童胤恒手上，「他是不是要全部啊？」

「全部？」簡子芸擰著眉，這氛圍這樹林總令她如驚弓之鳥。

感受著掌心上的盒子，童胤恒突然心一沉，狐疑的舉起手，此時的汪聿芃已經起身，朝著附近的樹奔去。

「汪聿芃！妳不要亂跑！」康晉翊嚇了一跳，「別跑太遠！」

「他不在這裡！」汪聿芃說得斬釘截鐵，她看不見他！

簡子芸來到童胤恒身邊，盯著他手裡的盒子，「這是周霖宇的棒球吧？怎麼啦嗎？」

「好輕……」童胤恒搖了搖頭，「我暫時沒力氣開，麻煩……」

簡子芸接過，接過的瞬間心跟著一沉，這重量不像有一顆棒球啊！她立刻打開盒子看，裡空無一物，只剩下空盒。

「不會吧……他也喜歡棒球？」康晉翊一凜，「全部？汪聿芃剛說了全部？」與簡子芸對視一眼，他們立刻跳起，到附近的樹下尋找昨天學生們擺放的禮物們！汪聿芃跑的方向是吳美谷她們去的地方，她去探查遠處，近處就由他們一一清查……

每個人的許願單都是希望宋玟玉回來，盒子裡放著各自珍愛的物品，都是想跟瘦長人交換的——一個接著一個，他們都找到了盒子！

汪聿芃飛也似的奔了回來，她什麼都不必說，從恐懼的眼神他們便得到了答案。

所有的禮物，瘦長人全部都拿走了！

「他剛說了什麼？」汪聿芃緊張的問向童胤恒，「你聽見什麼了？」

「我聽見奇怪的噗啾，不只是樹枝喀喀的聲音，還有有種……像在爛泥裡攪拌的聲響。」童胤恒仔細的回憶著，「然後他又說了：喜歡……禮物。」

對，瘦長人不只喜歡黃曉韋準備的東西，他甚至喜歡所有人的禮物，但是卻只還了一個周伊樂回來，宋玟玉呢？

第六章 誰的祕密？

喜悅在K鎮只維持了十二小時，隔天鎮上在悽厲的慘叫聲中甦醒，吳美谷的姐姐不耐煩的前去叫她起床，敲門未得回應後推門而入，首先映入眼簾的便是房門正前方那風吹不止的窗簾、敞開的窗戶，以及滿佈在牆上的鮮血。

警方拉起了封鎖線，怵目驚心的血不只灌滿了窗子軌道，流下房裡及房外的牆面，連窗外地上也驗出了血跡，一路離開吳家庭院，穿過了馬路，直到對面。媒體的監視器全綁在後山裡，誰想得到鎮上會發生血案，小鎮的監視器並不多，警方忙著調閱紅綠燈上的監視器，看是否能查出一二。

外頭草地上沒有吳美谷的足跡，鮮血飛濺的位子都在二樓牆外，滴落在地上的痕跡屬高處滴落……高處？吳美谷能有多高？就算被歹徒抱在肩上扛走，最多也無法超過兩百公分吧？

「是瘦長人，一定是他！」葉牧芝失控的尖叫起來，「那高度那做法只能有他！是不是早就說過了，他來了！」

「爲什麼是美谷？」黃曉韋才覺得不可思議，「好端端的他要美谷做什麼？」

與失蹤的宋玟玉不同，宋玟玉是連一點痕跡都沒留下，但是看那淋滿整牆的大量血跡，誰都知道吳美谷凶多吉少了啊！

一群學生坐在腳踏車上，呆望著鮮血淋漓的外牆，張一秋渾身抖個不停，半

句話都說不出來，一旁的林靖雯臉色死白，幽幽的看向大路另一頭，急騎而至的康晉翊。

「我們做了什麼!?會不會是我們做錯了什麼!?」林靖雯淚眼婆娑的對著簡子芸大吼起來，「我們該不會打攪了瘦長人，所以他不高興了!?」

煞車，康晉翊看著黃色的封鎖線，不由得緊皺起眉，鄰里們一見到他們來，紛紛嫌惡的皺起眉，彷彿他們是瘟神般的存在……整個「都市傳說社」對這種態度根本司空見慣，之前他們社團在學校就是個過街老鼠，還有什麼眼神受不起的！

「從二樓直接抓走嗎？」汪聿芃望著那高度，連尖叫聲都沒有？

「沒有。」童胤恒自然的回應，「我什麼都沒聽見。」

他在意的是昨天聽到的聲音中夾帶著那種在泥裡攪的聲音，如果是……吳美谷出事的瞬間，令他感到不太舒服。

「宋玟玉寫的那個方法是對的嗎？是不是因爲我們去了那邊才出事？」張一秋哽咽的追問，「像是一種獻祭，我們是不是做了什麼不得了的事？」

「妳冷靜點，我們只是在驗證瘦長人的各式傳說，看是不是能交換宋玟玉回來……」簡子芸試圖安撫，但她相當不受控制。

「那如果不是呢？如果、如果傳說錯了呢？」林靖雯恐慌的搖著頭，「宋玟玉搞錯了、抄錯了，我們就……」

「可是周伊樂回來了不是嗎！」黃曉韋趕忙上前，「而且美谷的事還不一定是瘦長人吧？說不定眞的有凶手！」

「那就是瘦長人，騙誰啊！」林靖雯粗暴的甩開了黃曉韋，雙手握住龍頭就踩下踏板，「你們這些人不要再自欺欺人了，瘦長人來了！他出來了，我親眼看見的，他不是只待在林子裡的瘦長人！」

林靖雯最後尖叫著、歇斯底里般的騎著腳踏車飆走，留下一堆錯愕的人們。

「對啊，她說得沒錯啊，自欺欺人！」蔡志友突然接口，「這裡出現瘦長人也不是第一次了吧！」

汪聿芃第一時間瞄向最近的警察們，幾個年紀較大的停止了交談，但也刻意不往他們這兒轉過來，圍觀的鄰人中凡是年紀稍長的，都略爲蹙眉，眼神下意識的別開。

昨晚蔡志友跟小蛙很早就回民宿了，兩個人的任務自然不順利，只要找到老人就問瘦長人的事，不是被噓被罵就是被趕，好一點的最多顧左右而言他，後來蔡志友索性改變話術，以一種「瘦長人鐵定出現過」爲背景提問，結果遭受的是更激烈的驅趕。

「事情不是不提就不存在了，幾十年前出現過的瘦長人又來了，這次你們打算用幾個人換？」小蛙不客氣的嚷嚷，「宋玟玉、吳美谷，接下來還會有誰？」

張一秋簡直不敢相信，瞪大雙眼看著學長姐，「你們在說什麼啊！什麼幾個人？還會有誰？」

「這就不知道了，當年失蹤了多少人啊？」蔡志友一臉困惑的轉向小蛙，「我聽說是四個！」

「但昨天有個奶奶說八個！」小蛙嘖嘖的搖著頭，「六十三年前的事情，應該有的人還記憶猶新吧！」

六十三年前，因爲那一年的舊報紙完全消失沒有資料，太過刻意的掩蓋蹤跡，反而更可疑！他們兩個在書報區才查到這件事，立即被管理員以「非鎮民不得查閱」爲由，直接趕出了圖書館！

有沒有這麼明顯啊？

葉牧芝驚恐萬分，「那爲什麼是美谷？我們呢？林靖雯該不會說對了吧，是……」

「不！才不會！跟我們無關！」張一秋已經嚇得魂飛魄散了，哭著逃離現場，一種不看不聽不想就不會有事的概念。

「一秋！」黃曉韋想喊住她，但是女孩情緒逼近崩潰，根本難以勸阻，「怎麼會這樣……」

「你們放了什麼禮物？」汪聿芃又冷不防的出現在她身邊，嚇了黃曉韋一大跳。

「什麼？」她眨著眼，這個學姐總是神出鬼沒的。

「妳們知道彼此放了什麼珍貴的東西給瘦長人嗎？」汪聿芃再問了一次，「我希望可以知道每個人的物品。」

葉牧芝不由得倒抽一口氣，「為……為什麼？」

「除非有人動手，否則瘦長人拿走了所有的禮物。」童胤恒沉穩的補充著，他留意到吳美谷家的所長不太高興的朝著他們走來了。

終於。

康晉翊跟簡子芸朝他微笑，大家默契十足，所長對社長，其他社員負責學生就好。

「全部……我是音樂盒，美谷是最新的手鍊，靖雯給的是嵐的專輯。」黃曉韋看向葉牧芝，「一秋也放彩妝是嗎？」

「對，她說放的是新色口紅，目前最喜歡的秋冬新品，我是一本復刻版的限量小說，極度限量版！」葉牧芝說到這幾個字時還難掩心痛，看來眞的很珍惜，「我的書也被拿走了嗎？」

「各位的盒子裡都是空的，所有東西都不在了……」童胤恒噢的一聲，從側包裡拿出音樂盒殘孩，遞給了黃曉韋，「他只要芭蕾娃娃。」

黃曉韋錯愕的接過毀掉的盒子，雖說卡榫處斷裂，但至少還是個盒子，她轉動了機關，悠揚清脆的音樂聲依舊響起……有些激動的抿著唇，至少還沒壞，這是她與父親的回憶啊！

「全部都收了，只讓一個周伊樂回來？」黃曉韋想得很快，「是不是玟玉已經回不來了？」

「或者，所有東西只能交換一個周伊樂。」童胤恒想到的是更糟的答案。

「或者，」汪聿芃回身，凝視著吳家馬路對面的幾棵稀疏的樹木，「他眞的會放五個人回來。」

咦？葉牧芝緊張的握著拳，「爲什麼是五個人？」

「剛剛蔡志友不是說了，六十三年前失蹤了八個人還幾個？」

汪聿芃的眼神看得好遠好遠，馬路對面是別人家的田，路旁就幾棵果樹，一樣的高大茂盛，如果瘦長人隱藏在其後，也不一定能一眼分辨。

這句話讓童胤恒不由得打了個寒顫，如果眞的是換回六十三年前的人，那就令人毛骨悚然了。

「我們只希望宋玟玉可以回來。」黃曉韋思考數秒後，深吸了一口氣，「我擔心林靖雯她們，學長姐……」

「去吧，小心點！務必小心。」童胤恒再三交代。

小心？葉牧芝恐懼的朝二樓看去，乾涸的血落在外牆上，連待在家裡好好的美谷都會出事，甚至找不到屍首，還有什麼地方能比家更安全？

耳邊聽見所長正與學長們低語，她不敢聽的調轉腳踏車，跟著黃曉韋連忙離開，試圖去追上歐斯底里的同學們。

「我們不是很歡迎你們，如果你們再繼續搗亂，我眞的不知道該怎麼辦了！」所長擰著眉，每一字都是警告，「該回學校了吧？星期一不是要上課嗎？」

「但今天才週日啊！而且現在全世界都在等著瘦長人，等著我們救回宋玟玉……」康晉翊語重心長的一頓，「現在也等著我們找到吳美谷了吧！」

「找？」所長回眸看了眼，「我怕找到也……」

「新聞你壓不下去，至少要見屍，現在趕我們走只會讓人覺得K鎮有所隱瞞。」簡子芸明明溫柔的笑著，但眼神卻只見銳利，「要鬧大絕對對你們不利，我們只要到媒體面前說……」

所長斂了神色，斜眼睨向簡子芸，「同學看起來清秀嬌弱，只是個假象啊……」

「我們只是想幫忙，事情已經牽扯出第二個女生了。」康晉翊連忙誠懇的扮起白臉，「都市傳說有時候像是一種傳染病會漫延的……有一就有二，有二就……」

「還會有別的？」後頭的警察看上去臉色蒼白。

「當年不就好幾個嗎！」蔡志友趁勢說著，「能告訴我們當年發生什麼事嗎？」

所長明顯的冷笑，擺了擺手，「無稽之談，當年哪有發生過什麼瘦長人的事，這不是最近才有的都市傳說嗎？」

「六十三年前沒有任何報紙，圖書館裡獨獨缺了那一年的報紙，不是很奇怪嗎？」小蛙瞇起眼，「我們要往外找也不是不能，但如果你可以幫我們省事的話——」

「沒有的事。」所長冰冷的眼神望著他們，「我們這是小地方，已經人心惶惶，請你們不要再製造恐慌了……」

所長語帶警告，眼尾卻被分心的往對面看去，他看的方向是馬路對面，此時汪聿芃跟童胤恒正在對面的芒果樹下晃盪，汪聿芃甚至整個人貼上了樹，環抱著做出一副令人啼笑皆非的姿態。

被所長的眼神分心，小蛙忍不住也回頭，「喂！童子軍！外星女在幹嘛？」

遠遠的童胤恒雙手一攤，他只能守著她，不知道她突然衝過來想幹嘛啊！

「汪聿芃，妳在看──汪聿芃！」

童胤恒臉色鐵青，嚇得趕緊拽過汪聿芃，慌張的打量著她，誰讓她米色的衣服上沾滿了大片的血漬！

「你嚇死我了！」汪聿芃在那邊拍著胸脯，童子軍怎麼突然這麼用力的拽下她。

「妳受傷了嗎？妳的身體……」童胤恒檢視著，但汪聿芃看上去好得很……於是童胤恒緊張的趨前，大掌往芒果樹幹上一摸，手指立即沾染了血。

汪聿芃身上的大片血跡立即引起了注意，康晉翊緊張的也衝來，警察更不可能坐視不管，一堆人紛紛湧到芒果樹邊，看見汪聿芃的T恤沾血，還有手指染紅的童胤恒。

「這裡全是血……要我猜，應該是吳美谷的吧！」童胤恒仔細對著樹幹打光。在手電筒的照耀下，可以看見樹幹的凹縫裡，殘餘的血珠正閃閃發光。

「居然走到這裡嗎？搜查，封鎖！」所長下著令。

「瘦長人走出來了，他喜歡孩子，一個個拐走孩子……」汪聿芃幽幽的出聲，喃喃自語著，「離開的孩子不會回來，他們一個個都會成為瘦長人的夥伴……」

「閉嘴！妳在說什麼！」所長氣急敗壞的喊著，「什麼叫一個個！」

啊啊……簡子芸狠狠倒抽一口氣，慌亂的取下背包，從裡頭拿出了宋玟玉的記事本——翻開第一頁，這句話記載在整本記事本的第一面。

瘦長人走出來了，他喜歡孩子，一個個拐走孩子，離開的孩子不會回來，他們一個個都會成為瘦長人夥伴……小小的孩子們，會跟著瘦長人走，走著走著，誰也不會回頭。

「東西玩完要記得歸位喔！小明，不要用搶的！」老師趕忙上前，排解著小孩搶玩具的紛爭，「放手！再不放兩個都不要玩喔！」

雖是週末假日，但幼稚園托兒所還是有開放，需要的父母以日計費，把孩子帶到這兒來照顧；許多父母不是在外縣市上班，就是傳統重勞力產業、早上在市場擺攤之類的，還是都把孩子託過來。

令老師意外地的是，周伊樂居然來了。

昨天才被找到的孩子，今天居然送來托兒所，上午周霖宇那帥氣的大男孩帶她來時，有幾分尷尬；周家父母因爲周伊樂失蹤過變得很神經質，原本以爲待在家裡就安全，但一大早吳家的命案叫他們慌張，突然覺得待在人多的地方或許更爲安全……就讓周伊樂過來了。

留意到被包圍在角落的周伊樂，活潑可愛的她幸好沒有受到什麼影響，她也不記得昨晚發生的細節，只知道自己找哥哥找到累而睡著……只要回來，就是不幸中的大幸吧。

但是孩子們天眞無害，也無法多份心眼，一堆較大的孩子就會好奇的問她關於夜晚的森林、還有瘦長人的事情。

「好囉！你們不要一直圍著周伊樂！」老師走來，擊掌兩下，「周伊樂會有想玩的東西吧！你們這樣她都不能玩了！」

一票天眞萌樣的孩子回過頭，「老師，眞的有瘦長人嗎？」

「老師也不知道耶！」老師溫柔的笑笑，「世界上沒有絕對的事，沒看過但老師也不能說不存在對吧！」

「那瘦長人爲什麼要抓小孩啊？」又有孩子問。

「嗯，老師沒遇過瘦長人，沒辦法問他耶！不過——」老師趁機機會教育，「你們要注意，不管是陌生人或是瘦長人，絕對不可以跟不認識的人走喔！」

「好——」孩子們天真的回應著。

「還有，」老師朝周伊樂眨了眼，「下次是不是不可以一個人亂跑？」

周伊樂尷尬的笑了笑，「對不起。」

「不必對不起，妳只要知道爸爸媽媽，還有妳最喜歡的哥哥會擔心妳的！」老師溫柔的摸摸周伊樂的頭，「好了，去玩吧！」

「耶！」孩子瞬間成鳥獸散，開心的玩耍。

周伊樂望著一室的興奮，眼神卻略暗了些。

「周伊樂，我們去玩那個！」好友寧珮拉拉她的小手。

「嗯……我想去小花園。」周伊樂起身，懇求的問著寧珮，「我們帶故事書去花園樹下唸好不好？」

「好哇！」寧珮用力點頭，轉身朝老師那邊去。

周伊樂說的花園就在旁邊而已，她們都喜歡那邊，很多漂亮的花，上面有大樹跟馬車搖椅，坐在裡面，她們會覺得自己像公主。

老師交代她們只能去花園，讓寧珮挑了兩本書後，還一路送她們到教室旁的大樹下，順便將兩個孩子放上像馬車一般的搖椅上。

有別於寧珮的興奮，周伊樂卻斂起笑容，她笑不太出來，望著自己身旁的樹木，記憶又再度湧現。

「我們去後面好不好？」周伊樂突然又跳下搖椅，「我不喜歡這裡。」

「咦？可是老師說不可以去別的地方耶！」寧珮向來是乖寶寶。

周伊樂猶豫著，突然上前，附耳在朋友耳畔；小女孩眼睛越睜越大，立即用力點了點頭，即刻跳下馬車雕花椅；兩個女孩趁老師在裡頭忙著調停打架的男生們，帶著書躡手躡腳的朝教室後方走去。

這裡很安靜，有一區更大的花園區，地上是人工草地，旁邊被許多樹木與花圃包圍而成，即使盛夏也能遮去大部分的陽光；人工草地區正面對著泳池，平時都有微風吹來，這兒一口氣可以容納五、六個小朋友席地而坐。

「什麼祕密？」寧珮拉著周伊樂一坐好，便迫不及待的問。

剛剛周伊樂說的：她有個很重要的祕密要告訴她。

周伊樂放下書，看著旁邊花園邊的樹木、看著攀在藤架上的植物們，不由得開始瑟瑟顫抖。

沙喀沙喀，微風吹拂，吹動了花與葉子，也吹動了樹枝們，那都像是在提醒著她那一晚的事情……她怎麼可能忘記！

周伊樂昂起頭，小小的身軀瞇起眼透過葉縫，試圖瞅得一絲陽光。

「周伊樂！」女孩好奇的問著。

「我……這是大祕密，妳可以幫我嗎？」周伊樂終於正首看向寧珮，哽咽得可憐兮兮。

「可以啊！」寧珮壓根兒不知道周伊樂在說什麼。

「我覺得他來了……他來找我了！」周伊樂蠻度抓住她的手，「好可怕！妳聽──」

她指向一旁的樹木，被風吹得沙喀作響。

寧珮認眞的順著她指的方向上看，但這不是她關心的，「他是誰？誰要來找妳？」

「那個啊……瘦長人！」周伊樂顫抖著，聲如蚊蚋。

「哇……」恐懼被驚奇取而代之，寧珮雙眼都亮了，「瘦長人長怎樣啊？他眞的很高很高嗎？」

「嗯！他叫我不能說，絕對不能說出他的祕密！我不可以講！」周伊樂低頭哭了起來，「他還要我跟他蓋印章，不可以把我那天看到的都說出去！」

「妳……妳有跟哥哥說嗎？」寧珮當然認識周霖宇，這裡的女孩沒有不認識他的吧！

「不可以不可以！」周伊樂驚慌的搖著頭，拼命比著噓，「不行，我說出去，他會傷害哥哥的！」

寧珮有些錯愕，她也不知道該怎麼辦……「妳有見到那個不見的姐姐嗎？」

周伊樂抿唇，淚水撲簌簌的落下，偷偷的點了點頭。

「那那那……那我們快跟老師說！」寧珮趕緊跳起身，周伊樂卻驚恐的拉住了她，「妳不要怕，妳什麼都沒說，是我說的！我說就好！」

周伊樂哭著搖頭，滿臉是淚的緊抓著寧珮的衣角不放，「可是他說，他眞的說……」

「唉唷，他又沒在我們附近！他不知道的！」孩子天眞的嚷著，這麼遠，誰會知道周伊樂有沒有說呢？

周伊樂卻陡然一怔，驚恐的看著寧珮，眼神卻是越過了她的耳畔，望向她的身後。

花圃邊都是樹木，在樹幹後頭冒出了舞動的長手樹枝，喀喀從樹後面伸了出來，一隻、一隻手指的攀握住樹幹。

寧珮看著周伊樂詭異的視線跟發抖的唇，好奇的回過頭去——

「周伊樂！寧珮！」

何老師走出教室出來時當場傻住，應該在馬車上的女孩們呢？

不是叫她們在這裡好好待著嗎？兩個都是聽話的孩子，怎麼會亂跑呢？何老師焦急的向後走去，托兒所也沒多大，如果外頭再沒有，她就得要到另外的教……

泳池進入視線範圍，該是清澈湛藍的池水裡，摻雜了鮮紅的血液，一絲絲的漫延開，又在漣漪裡稀釋掉。

小小的身軀在水面上載浮載沉，伴隨著身邊水面上的斷枝殘葉，那漸黃色的洋裝，何老師認得出來是寧珮的衣服！

「救命！救命——」何老師扯開了嗓子，呼喚其他老師！

她踉蹌的衝到泳池邊，跪地探身往泳池去，慌亂的抓過女孩的衣服，焦急得扯上岸，如果來得及，她要先急救！

同時間，她看見了就在她正前方的花圃裡，有個瑟縮的身影，把自己蜷成一團，雙手掩耳，背對著泳池將自己塞到了角落。

「周伊樂？伊樂！」何老師呼喊著，抓到寧珮的衣角，她先使勁搬上岸，沉重的身軀載滿了水，被翻了過來。

聞聲衝來的老師們戛然止步，不可思議的看著跪在池邊的何老師，及她膝上的小小屍體。女孩的雙眼嚇人的瞪得極大，她身上沾滿了斷枝落葉外……還有一枝穿過她頸子的樹枝。

「怎麼回——」女老師們驚恐的掩嘴，僅僅一秒，大家的眼神驀地上抬，越過何老師望向她的後方。

咻……沙喀沙喀，一道影子自水面上橫來，何老師驚恐得僵直身子，眼尾餘光瞄向水面的倒影……一隻長到不像人類的手臂，黑色的衣袖，宛如樹枝的指頭……

「不……不要看！不可以往上看！」她驀地尖叫，阻止了一路想上瞧的同事們，「閉上——」

餘音未落，背後衣領驀地被人提起，何老師什麼都來不及反應，下一秒就被扔進了泳池裡。

噗嘩——

「呀——」

第七章 異變

吳家到托兒所距離不遠，騎腳踏車不必五分鐘的路程，鎮上警力不多，吳家都還沒採證完畢，托兒所這裡又發生了驚聲尖叫，令人措手不及。

昨天才找到的女孩情緒失控的躲在角落，直到哥哥來才撲進哥哥懷裡哭泣，嘴裡只是不停的喊著我不知道我不知道；而老師們驚魂未定的坐在泳池邊的椅子上，若不是有三、四個老師親眼作證，沒人能確信寧珮的死亡。

因爲沒有屍體。

「我沒看到臉！但那是瘦長人！就是！」陳老師失控吶喊著，「那不是正常人的手！」

「是他把何老師推下去的，我們全部都傻了，當時我閉著眼！所以不知道發生了什麼事，我只聽見落水聲而已！」男性林老師也語無倫次，「我睜開眼睛時只看見何老師在水裡，然後……他走了！」

「我從頭到尾都不敢睜開眼睛，我本來要往上看的……何老師突然大喊叫我們不要看！」另一位張老師虛脫不已，「就算不是瘦長人，也不是人，光那雙腿就比一般人高了了！只有腳！」

渾身濕透的何老師裹著毛毯，抖得上下唇都在打顫，不知是冷還是恐懼。

「不不——」在另一頭，寧珮的家長傳來痛苦的哀鳴，「寧珮！我的孩子啊！」

所長為難地抓著頭髮，「我釐清一下，現在是說寧珮被帶走了嗎？」

「……我不知道，我被推下水後，爬起來時已經看不見她、也看不見瘦長人了！」何老師緊揪著毯子，幾秒的時間她就什麼都不知道了。

「原本她是躺在何老師膝上的，我聽見落水聲睜開眼時，就看見那雙非常人的腿離開……但我不敢往上看，我不知道是不是他帶走小珮了！」

張老師顫巍巍的，「還能有誰？」

不過就幾秒鐘的光景，還能怎麼走？

周霖宇緊緊抱著哭個不停的妹妹，問不出所以然，她只是重複著我不知道我不知道，眼神渙散的盯著地板。

康晉翊他們站在托兒所圍籬外，感謝現在的無圍牆政策，進不去也能看得很清楚，池裡的水再多也稀釋不了殘留的血跡，的確曾有大量的血落在池子裡。

「誘拐的速度太快了，我覺得很不對勁。」康晉翊緊抓著圍籬，「你們兩個能不能找到全部線索？」

「圖書館那邊刻意阻擋我們了，完全不得其門而入。」蔡志友低語，「還有我聽說年紀最長的阿公獨居在後山附近，或許會知道些什麼，但是沒人願意告訴我們他住在哪裡。」

「欲蓋彌彰。」簡子芸深吸了一口氣，「瘦長人就在鎮上，他要出手隨時都能出手……」

「喂，我們不一定要從正門進去吧？」小蛙終於忍不住了，「重點是找到東西不是嗎？」

康晉翊跟簡子芸雙雙倒抽一口氣，同時嚴肅的望著他們，但一句勸阻都沒有，只是相當為難的皺起眉……於是，小蛙彷彿得到特赦令般，開心的跟蔡志友轉身就閃人。

唉，簡子芸相當為難，但這個鎮上的人防得太緊了，他們不得已只能出此下策。

汪聿芃眼神落在失神的周伊樂身上，她應該才是目擊者吧，但那孩子現在簡直像丟了魂似的，眼神不僅不對焦，也根本無法應答；可是寧珮最後是跟她在一起的，童胤恒可以透過灰玻璃看見教室裡的家長衝撞著警察，他們就是想見周伊樂，問個清楚！

「這樣下去大人會嚇到小孩的！」童胤恒不安的看著周霖宇，「我們應該叫警方先把周伊樂帶離現場。」

「她一定知道什麼。」汪聿芃眼神瞬也不瞬的盯著周伊樂看，「只有她跟寧珮在這裡，事發過程她鐵定清楚。」

「老師們在現場都不知道了！」康晉翊倒是不以爲然，「發現她時她整個人面對牆縮成一團，說不定嚇到什麼都不知道。」

「我覺得她知道。」汪聿芃挑了眉，「包括前一天晚上的事。」

「爲什麼？」童胤恒聲線略緊，「妳可別告訴我，妳想去質疑一個八歲的女孩！」

「我不覺得一個八歲的女孩子自己在林子裡失蹤，還有那個膽子睡覺。」汪聿芃聳了聳肩，「至少我是不敢啦！應該叫破喉嚨也要召喚哥哥現身啊！」

什麼都看不見，還能平安無事走出來？汪聿芃打從心底就覺得有問題。

「妳這樣好像在說周伊樂有問題。」童胤恒比較不能接受這樣的說法。

「她就有問題啊！」汪聿芃倒是理所當然，「瘦長人連續出現在她身邊耶！」

「那也不能說是她——」磅！童胤恒沒說完，裡頭出現了激烈的碰撞聲。

寧珮的父母激動的突破重圍直接繞到後頭泳池畔，忿怒的尋找著……不是老師，而是小小的女孩。

「究竟怎麼回事!?我家小珮呢!?」媽媽抓狂的撲向周霖宇，「寧珮怎麼了!?」

周霖宇慌亂的站起，緊緊護著妹妹，女孩看見朋友母親那歇斯底里的模樣，完全被嚇傻嚇呆，當下嚎啕大哭起來！

「請不要這樣！周伊樂還沒回神！」周霖宇氣急敗壞的回吼著。

「什麼她還沒回神？我家寧珮連回都回不來了！」寧珮媽媽二話不說抓住了周霖宇，不客氣的扯著周伊樂的衣服，「告訴我！是誰害了寧珮？」

「哇啊啊——」能回答她的，也只有哭聲。

接下來就是一片混亂，老師跟警察去拉扯寧珮雙親，空氣中佈滿的是周霖宇的勸阻與周伊樂的哭聲，現場只能說是極端混亂。

「所以眞的是瘦長人嗎？」

冷不防的，旁邊出現了有點熟悉的聲音，所有人驚愕的轉過去，竟然是宋玟琦。

「看到的人已經越來越多，老師們都瞧見了。」康晉翊趕緊補充，「吳美谷的事妳應該也知道了……」

「怎麼眞的會有這種東西？」宋玟琦依舊是一臉的不可思議，「所以我妹眞的是……遇到了那個嗎？她又不是小孩子！」

「未成年都叫孩子吧！」汪聿芃淡淡的說著，「如果用這種世俗的定義來說的話……」

「我一時……我沒辦法！」宋玟琦緊擰著眉，曲起的指節往額間敲著，「對不起，我還不能接受這種事！」

「沒關係的，我們瞭解。」簡子芸柔聲的安慰，「那我們還沒有放棄……」

宋玟琦頓了一下，幽幽的看向簡子芸，「還不想放棄嗎？」

簡子芸堅定的點了點頭，「只要有一絲希望，我們都會幫妳找回妹妹。」

宋玟琦一別於之前的劍拔弩張，用力做著深呼吸，彷彿是想壓抑哽咽的鼻酸，大退一步後，她能做到的就是朝他們一鞠躬。

接著什麼都沒說，轉身就離開了。

幼稚園內的混亂稍止，園長都跑出來調停了，別忘了還有許多孩子在這裡，家長正在趕來的路上。

何老師踉蹌不止的朝旁邊走去，撐著牆稍事休息，整個人看上去都快虛脫了，難受的抬頭便瞧見了泳池另一邊的學生們，突然顫了一下身子。

「是他！真的是他！」何老師突然激動的朝向圍籬這邊，「我親眼從泳池倒影看見的！水裡倒映著那不尋常的手、像樹枝的手指，穿著黑色的西裝——」

「何老師！」其他老師趕緊上前，想拉住歪歪斜斜的她。

「我聽過的，六十三年前被帶走了幾十個人，沒有一個人回來，是有人呼喚了瘦長人，他才會從森林深處走出來的！」何老師驀地語出驚人，「深黑的森林、白色的迷霧，沒有五官的瘦長人一定是有人牽引出來的，他會聽著……」

「住口！」老師們居然從後抓住了何老師，將她摜倒在地，像是阻止她繼續說似的。

警察們也衝上前了，甚至有警察來到籬笆邊，直接對康晉翊等人下逐客令！

「這是命案現場，你們在這邊做什麼！離開！」

童胤恒覺得莫名其妙，「你聽見她剛剛說的什麼沒有？失蹤了幾十個人？最好你們警局會沒有記載！」

「何老師受驚嚇了，她說的話不準！」張老師突然幫她說話，「沒事的！何老師！」

「聽到什麼？沒有五官的他能聽見什麼？」汪聿芃突然巴住籬笆，現下她完全看不到何老師了，因爲其他老師自然的擋住了她的身影，還有警察將她壓制。

「瘦長人是被召喚來的嗎？」童胤恒也情急的大吼，「是有人希望他來嗎？」

何老師沒有聲音了，附近的家長突然很有志一同的趕他們離開，急切到所有人覺得一定有鬼！

「你們太奇怪了！孩子正在失蹤或死亡啊！」康晉翊忍無可忍的大吼著，

「你們知道瘦長人的事卻不說，難道希望又失蹤幾個孩才甘願嗎？」

警察們曾幾何時已經繞出來，粗魯的以公權力請他們離開，箝在上臂的手令人吃疼，童胤恒再怎麼甩也甩不開，汪聿芃甚至被抓得踉蹌，還被推撞到與簡子芸在一起。

「不是什麼事都有辦法立刻解決的。」所長不悅的鬆開康晉翊，「你們不要再亂了。」

一路被驅趕到見不到幼稚園的視線，他們都還能聽見寧珮媽媽的咆哮聲……很奇怪啊，童胤恒想起了剛剛的混亂，怎麼激動於自己孩子的身故與屍體消失，剛剛何老師說那些時，寧珮父母應該更激動才對吧？是否應該比他們更想知道瘦長人的眞相？

那爲什麼……他們無動於衷？

「這眞的逼得我非得找個答案出來不可。」簡子芸完全被激怒了，「之前是幾十個？而目前現在已經第三個了……這眞的不是交換禮物，因爲從頭到尾回來的只有周伊樂而已啊！」

吳美谷跟寧珮被帶走之後，並沒有哪個人回來啊！

「咦？」汪聿芃突然欸了聲，「會不會在後山森林裡？虛弱得走不出來？」

「誰？」康晉翊才想問，瞬間倒抽一口氣，「宋玟玉？」

所有人面面相覷五秒，飛也似的奔向遠處的腳踏車——對啊，都已被帶走兩個了總該回來兩個人吧！周伊樂那時也是在林子裡被發現的啊！會不會其實有人也被放了回來，只是因爲失蹤太多天體力不支——

宋玟玉！

「看路啊！」大叔一陣咆哮，對著十字路口的女孩大吼著，女孩差點跌倒，全是用腳撐著地面才不至於翻倒。

「對不起！」葉牧芝連忙道歉，她急著要去接妹妹，所以以爲這小路上不會有車才沒留意左右來車。

小卡車駛離，葉牧芝重新踩上腳踏車，剛剛收到通知時她都傻了，美谷的事都還沒調查完畢，居然又有一個小朋友被帶走了！她的妹妹也在那間托兒所裡，年紀更小，本來是該由她照顧，但是因爲玟玉跟美谷的事，她想要全力協助找人，爸媽雖然緊張但瞭解她的個性，要她保證不進樹林，黃昏前一定要回家，才允許她今天把妹妹暫放到托兒所去。

結果，誰曉得托兒所也出事！

她家離托兒所最遠，完全南北向，曉韋還在安慰著擔心受怕的一秋，而周霖宇已經退出群組。是她去找「都市傳說社」的、是她想找回同學的，但爲什麼大家才兩天就分崩離析、生離死別了！

想著想著，淚水不住的飆出眼眶，葉牧芝難受得拼命抹著淚，說不出來的委屈湧上，她希望的是找到玟玉，沒有希望任何一個人受傷，現在好端端的……連美谷都死了！

「到底爲什麼——」她兀自仰天長嘯，「瘦長人是什麼鬼東西啊啊——！」

到底還會死多少人？瘦長人究竟是什麼？爲什麼要傷害人啊？美谷家牆上的鮮血淋漓，都潛在的提醒她，失蹤十二天的玟玉會不會已經……早就……

「不會！不會的！」她用力搖著頭，儘管有人可能說她自欺欺人，但她還是想抱持希望！

咬著唇用力往前騎，她騎在路上，兩旁或農田或雜草，高高的行道樹間隔兩公尺的錯落著，路上只有她這台腳踏車的身影，一路朝著托兒所前去，唰啦唰啦，腳踏車鏈條的聲音輪動著，喀啦咖啦！

那個纖長的影子也穿梭在行道樹間，他一腳幾乎就是兩公尺的距離，影子斜照在馬路上，再傻的人也會很難不注意到。

葉牧芝忍不住的向右瞟去，騎速跟著慢了下來，看著那雙長腳大步的跨越著，一步、兩步、每一步都能藏在行道樹後，黑色的西裝褲，細到詭異的雙腳，他是追著她跑的。

一路向上看，葉牧芝的踩速慢了下來，她眞的看見西裝筆挺的衣服，看見那揮動的細長手臂，還有如枝椏的手指，他的右手甚至抓著一個……人？

葉牧芝終究停下來了，她視線不敢再往上，而是想看清楚他右手上抓著的東西，隨著她的腳踏車停下，那雙大長腿也跟著停止……還因爲他跑得比較前面，退後了一大步。

揮動的右手上是個女孩。

葉牧芝兩眼發直的看著那個在瘦長人掌心裡的女孩，她不是被抱著的，她的身體跟串燒一樣，是被如樹枝般的手指穿過，卡在瘦長人手指上的。

這就是……托兒所出事的主因嗎？

她動不了，她覺得自己應該要跑，現在應該全速踩著腳踏車衝離，但是身體完全無法移動，她克制不了自己，只能劇烈的抖著雙腳，緊扣著龍頭，眼尾餘光看著那雙長腿唰地從兩棵行道樹間跨了出來！

「不要！」葉牧芝低頭大喊著，「我不想跟你走！我一點都不想！」

地面上的影子逼近，長長的腳移動著，葉牧芝不敢抬頭不敢看，爲什麼是她？爲什麼瘦長人要找她？

這不對啊！先是美谷？接下來是她——難道正如靖雯說的沒那個交換禮物的方式，是在把自己交出去嗎？

沙喀沙喀，感受到聲響逼近耳邊，葉牧芝嚇得向左偏了身子，縮起肩頭，卻依然動彈不得！

尖銳的長枝椏手指朝葉牧芝右耳伸展，僅僅遲疑了一秒，緊接著朝她的耳朵裡刺進去——

「住手——喂！」後頭傳來怒吼聲，伴隨著像石塊的東西飛至。

曲膝的瘦長人驚恐得一顫身子，全身上下都發出風吹樹稍聲響，下一秒轉身就往行道樹後退了回去！

「喂！等一下！」汪聿芃跳下腳踏車，急起直追的衝向行道樹後，後面追來的童胤恒簡直嚇傻了眼！

「站住！不要追！汪聿芃！」童胤恒大聲喊著，到底爲什麼跑很快的她連騎腳踏車都騎很快啊？

汪聿芃根本沒在聽人說話，她真的從瘦長人退去之處鑽過去，其實根本不需要鑽，路跟地就這麼大，兩棵樹間有兩公尺的寬度，後頭是一大片菜園，汪聿芃得扶著樹才不至於煞不住的滑向下方的水溝。

放眼望去，什麼都沒有。

筆直的馬路前後都沒有怪異的瘦長人身影，一望無際的田裡更是沒有，剛剛那個意圖襲擊葉牧芝的瘦長人明明就在兩棵樹之間存在著，後退時她也親眼看到超過三公尺高的身影，但爲什麼現在……卻什麼都沒剩下？

「怪了……」汪聿芃緊皺起眉，腦袋也打結的感覺。

她後退兩步，穿過行道樹中間來到馬路邊，這時的童胤恒已經趕到了，才下車沒來得及說句話，汪聿芃又狐疑的往前跨了兩大步，穿過樹中間，來到水溝邊。

這水溝也才三十公分落差，瘦長人那身形不可能躲得進去。

「喂！妳追什麼？」童胤恒後頭一逮，把她連同衣服往後拖，「追著瘦長人，妳想追去哪？」

「哎……哎呀呀！」汪聿芃被這一嚇可嚇得不輕，「你幹嘛嚇我啊！」

「我嚇妳？」童胤恒才無辜，「我們才被妳嚇到炸好嗎！」

康晉翊跟簡子芸的腳踏車也趕至，葉牧芝還僵在自己的腳踏車上，連眼睛都不敢睜開。

「葉牧芝，沒事了！沒事！」簡子芸連忙溫聲勸慰，「瘦長人走了！是我們！」

葉牧芝戰戰兢兢的睜開眼睛，先是看見前輪、地板，然後才轉向身邊，感受到置在肩頭上溫暖的手。

「學姐──」嗚哇一聲，葉牧芝失控的大哭起來。

「所以瘦長人呢？」康晉翊走向右邊站在樹後的童胤恒，「我遠遠的也看見了那身形眞可怕的高！」

「不見了啊！」汪聿芃才莫名其妙咧，「我看著他站起來，轉身後退……然後追過來就什麼都瞧不見了！」

童胤恒也已經搜尋一圈，這裡都是平原平地平房，不是能輕易躲藏的地方，更沒有樹林。

「都市傳說也不是那麼容易的吧！」童胤恒只能這麼覺得，「我也眞的看見他，最少一層樓這麼高，轉身往後一跑，幾乎是瞬間失去蹤影。」

他也沒很認眞看，因爲當時只見到汪聿芃扔下腳踏車往前追，他根本都傻了！

「爲什麼是我？」後方的葉牧芝失控的哭喊起來，「他跟著我跑、他是故意找我的！」

是啊，瘦長人是來找葉牧芝的吧？雖然他們是前往後山，但汪聿芃很早就發現跟著葉牧芝追去的瘦長人，所以她才騎得飛快的趕上，連童胤恒都是好幾個轉彎後才看見瘦長人的身影。

「宋玟玉的筆記該不會是陷阱吧？」連簡子芸都沒信心了，「會不會眞的是種獻祭儀式，瘦長人拿走了大家送的禮物，所以就來找她們了？」

「玟玉不會害我們的！」葉牧芝立即爲朋友辯駁。

「不是故意害妳們，有時她查到的或許是連她都不知道的東西。」康晉翊語重心長轉向汪聿芃，「妳剛還看見什麼？他是想抓走葉牧芝嗎？」

「想……殺了她吧！」汪聿芃逕自舞動右手，往耳朵邊指，「我看他的尖手指朝她的耳朵裡要刺進去，那個跟樹枝一樣的指頭刺進去不死也半條命吧！」

「一定死的吧，刺進去就直搗腦……」童胤恒忽地一顫身子，昨晚的聲音是不是也像是腦裡搗鼓的聲響？

吳美谷也遭受了一樣的下場嗎？

「我、我還看見他的右手抓著一個女孩！」葉牧芝突然激動的拉著簡子芸，「不是抓，就他的手刺穿一個小女孩，掛在上面……」

簡子芸略爲深吸了一口氣，寧珮的屍體，果然在瘦長人手上。

「這樣不對，寧珮可沒有去做什麼交換禮物……」康晉翊打量著葉牧芝，「找吳美谷或妳，應該都有原因，而且看起來瘦長人是有針對性的……至少在托兒所那邊被帶走的是寧珮，而不是曾被帶走的周伊樂。」

汪聿芃忍不住打量了葉牧芝，「你們之前有做過什麼嗎？交換的禮物也沒多差啊，東西都拿了……總不會把你們自己交換出去吧？」

「我才沒有，誰、誰、誰會做這種事？」葉牧芝差點連站都站不穩，身體依舊克制不住的發抖。

「好了好了！先別緊張，妳暫時別落單吧！」簡子芸拍了拍受驚的女孩，「妳現在是要去哪裡？」

「我要去接我妹……托兒所說停課，要我們帶回去。」葉牧芝邊說，一邊可憐兮兮的看向簡子芸，「學姐，妳可不可以陪我……」

簡子芸有些爲難的看向康晉翊，她們應該是要去後山，看看有沒有被釋放出來的人，在林子裡走不動。

「我跟汪聿芃去看吧，你們陪她去，她不宜落單。」童胤恒主動做了安排。

「小心啊！」康晉翊有些擔心，雖然他們一個聽得見一個看得見，而且運動神經又好，但是剛剛遠遠的看見那可怕的身影，應該不是常人能夠對付的。

「沒事的。」汪聿芃倒是一派輕鬆，走回去牽起自己倒下的腳踏車，「我們成年了。」

專找小孩子的瘦長人，應該對她們這些大人沒有興趣了吧！

葉牧芝聞言，只是又打了個寒顫，這樣說來所有未成年的她們，每個就都有危險了嗎？

剩下的人再兵分兩路，康晉翊他們陪同葉牧芝去接妹妹，童胤恒與汪聿芃再繼續朝後山的方向去。

一路平安無事，順利的抵達後山時，外頭的腳踏車倒是令人吃驚，照這種風聲鶴唳的狀況來說，整個K鎮除了他們之外，應該沒人會想來後山啊！

都市傳說裡，樹林可是瘦長人大本營耶！

「靖雯！林靖雯！妳慢點！」

才進樹林，就聽見慌亂的叫聲，緊接著是細微的尖叫聲，「哇呀！」

「怎麼了啦!?」另一個聲音慌張的喊著，剛尖叫的那位則開始哀嚎。

汪聿芃看著童胤恒挑了眉，是熟人哪！

朝著聲音的方向走去，撞見的是可能拐到腳的張一秋，撫著腫起來的腳踝哭泣，一旁的黃曉韋心慌的檢視。

讓他們在意的是，地上散落著……他們前晚拿來許願的禮物盒與許願單。

「你們跑來這裡也算勇氣十足了。」童胤恒為了不嚇到女孩，遠遠的就出聲了。

「咦？」黃曉韋驚恐的抬頭，見到是童胤恒才鬆一口氣，「學長，學姐……嚇死我了。」

「妳們怎麼跑來了？」童胤恒走到她們面前眼睛瞄著一地的東西。

汪聿芃直接蹲在一旁，拿起了當初裝有禮物的盒子，「妳放的是最新的口紅對吧？我記得！」

張一秋斂了下顎，微顫的點點頭，「你們也認為這個交換禮物是獻祭儀式嗎？」

童胤恒沉著聲，有些憂心的看向兩個國中生。

黃曉韋搖了搖頭，「我剛說托兒所出了事，有小孩子被瘦長人帶走，那小孩可沒來做什麼交換禮物。」

童胤恒露出讚許的笑，黃曉韋果眞是這裡面最聰明的。

汪聿芃打量著不停發抖的張一秋，她嘴巴始終喃喃自語，而且從今天開始幾乎就不正眼看人了耶！

「我們剛剛在來的路上有看見瘦長人了喔！」汪聿芃是刻意對著張一秋說的，「他打算攻擊葉牧芝呢！」

咦!?兩個女孩登時一怔，黃曉韋連手上的東西都滑掉了。

「葉牧芝？」她簡直不敢相信，「爲什麼是葉牧芝?爲什麼又是……我們之一？」

「我們就是在想爲什麼——」汪聿芃人都快趴到地板上去了，把頭塞到張一秋臉前，「妳知道嗎？」

「哇啊——這次不是我！不是我！」張一秋突然尖叫著搖頭，「我、我沒有要葉牧芝消失!我眞的沒有!」

這次，不是我。

童胤恒心頓時涼了半截，這女孩知道自己在說什麼嗎?看著一地上的盒子與紙張，看著歇斯底里的張一秋，他突然轉過一個很糟糕的念頭。

「妳，放的禮物是什麼?」童胤恒驀地箝住她的上臂，似逼問般的嚴肅，迫使她瞧他。

「我……我沒有，我眞的放口紅……」張一秋涕泗縱橫，哭得語焉不詳，「但是我、我在許願時有閃過一個念頭，我想說如果、如果美谷不在的話，是不是學長就會看我了……」

「學長……周霖宇？」黃曉韋發現要擠出這幾個字，好生困難。

「學長都一直在偷看美谷！我知道她太漂亮了，我只是希望學長可以多看我一眼！」張一秋甩開童胤恒，拉著黃曉韋哭喊，「我不是故意的，我只是隨便想想，我許願的是讓玟玉回來，我盒子裡放的是我最喜歡新色口紅——我沒有騙人！」

汪聿芃眼神飄移動，望向了遠方的密林，輕輕嘆息。

「不能欺騙都市傳說啊……一定要是眞的、最珍愛的東西。」說著，汪聿芃突然啊的一聲，雙手掐了緊。

宋玟玉的筆記本上的確寫著，一定要是最重要珍愛的東西，不能欺騙都市傳說，所以……童胤恒痛苦的深呼吸，「妳其實最珍惜吳美谷嗎？」

「我珍惜大家，我喜歡大家，但我沒有討厭過美谷啊！」張一秋失控的哭喊著，「我只是有一點點嫉妒而已，並不想毀壞我們之間的情誼，我那只是隨便想一下而已，我不可能把她送給瘦長人的——」

「對，就是友誼！」汪聿芃平靜的出聲，「對妳們幾個來說，最重要的就是友誼。」

什麼音樂盒、什麼棒球……那都是假的——還有什麼，比友誼更重要呢？

第八章 曾經的真相

筆記本上那行用紅筆寫下的警語怵目驚心：不能欺騙都市傳說。

怎麼騙得過呢？不管捐出的東西再美好，女孩之間最珍貴的就是友誼。

「友誼也太抽象，友誼該怎麼拿？」簡子芸完全搞不懂，「殺掉她們全部的人？」

「這種友情也太可怕了吧！」康晉翊搓了搓雙臂，「而且寧珮不是她們之中的一個。」

他們又窩回了民宿，與其說是窩回，不如說是被「請回」，鎮長完全無法容忍他們在外趴趴造，警力都不足了還能派人將他們護送回民宿，民宿阿姨甚至免費提供餐點，就是希望他們不要再出去。

大家索性在民宿一樓的客廳大桌研討，反正一時間也不知道該去哪裡；時間剛過中午，蔡志友跟小蛙遲遲未回已經讓民宿阿姨很在意了，而現在似乎又起了什麼騷動，阿姨拿著手機狀似恐慌的聊著，眼尾偷瞄著他們，刻意避開的走了出去。

不知道在掩飾什麼……唉，童胤恒望著一旁兩個食不下嚥的學生，黃曉韋她們都在這裡，當地人怎麼可能會不知道消息！

手機訊息一連串響起，黃曉韋扔下盛滿飯卻塞不入口的湯匙，拿過來查看——臉色間丕變，她還明顯的嚇了一跳，接著驚恐的看向對面的童胤恒。

「又出事了嗎？」童胤恒其實有點見怪不怪了，「不要是林靖雯或是葉牧芝……」

「什麼？」餘音未落，門口走進了提著飲料的葉牧芝，「我晚到了一點！」

汪聿芃人就站在門口晃，朝著她眨了眨眼，「妳還敢出來喔？」

「我坐不住！而且……」她靦腆的笑了笑，回身一瞥，玻璃門外站著尷尬的帥氣男孩。

「進來吧。」汪聿芃釋然笑著，周霖宇面紅耳赤的走了進來。

「周霖宇請的飲料！賠不是囉！」葉牧芝拎著飲料，大聲說著。

康晉翊也熱情的請他坐，昨天的事大家不會計較，本來就沒有什麼事比得上自己家人來得重要。

可張一秋聽見周霖宇的聲音立刻僵直背脊，回頭旋即陷入恐慌，「你走開！你來做什麼——都是因爲你！」

她失控從板凳上離開，直接衝向周霖宇，一股勁的把他往門外推；汪聿芃上前就握住她的手腕，不客氣的拽開。

「妳自己心胸狹窄，怎麼會怪他啊？」汪聿芃指向童胤恒身邊，「你去坐童胤恒身邊好了！」

周霖宇其實不明白發生什麼事，但猜想是吳美谷的事情，「我聽說美谷的事了……」

「閉嘴閉嘴——」她掩起耳朵，立馬蹲下，「我不要聽我不要聽！」

周霖宇這下可懵了，這到底怎麼回事？面對門的童胤恒起身朝他招手，他還是先來坐吧。

「妹妹還好嗎？」簡子芸立即關心慰問。

「嗯……其實不太好。」周霖宇顯得有點頭疼，「問她寧珮的事都不記得了，還一直想往外跑，說想回幼稚園，想跟朋友出去玩……我好說歹說都沒用，最後關在房間裡生悶氣。」

「我才不信她什麼都不知道。」汪聿芃說話完全沒在遮掩的，「她一定看過瘦長人。」

周霖宇很想反駁，但又隱忍下來，「我妹妹很活潑，但她不說謊的。」

「森林裡的事我能理解，但寧珮事發時她就在現場啊！」連康晉翊都無法接受，「像何老師都能見到瘦長人的身軀了，周伊樂卻什麼都沒見到……」

「她說她嚇得轉過頭去了。」周霖宇抿了抿唇，「她很膽小的。」

「看到什麼時才嚇得轉過頭去的?」汪聿芃抓到了重點問,「看到手?腳?哪個部分?還是看到寧珮被殺了才轉過去?」

「汪聿芃!」簡子芸回眸警告著,她說話口吻也太挑釁!

果然,周霖宇也不爽了,直接站起,「學姐,妳知道妳在說一個八歲的孩子嗎?」

「那你知道殺掉全國一半人口的是條魚嗎?」汪聿芃挑了眉,眼神迎戰。

「好了!」童胤恒無奈的起身,先按捺周霖宇坐下,再用眼神示意汪聿芃,麻煩她先處理蹲在地上那位好嗎?

瞧瞧張一秋,至今還是掩耳不停的哭。

「啊對!」康晉翊這才回神,「剛發生什麼事了嗎?抱歉打斷了妳。」

黃曉韋滑著手機,相當心不在焉的抬首,「啊,沒事……好像找到了什麼。」

「對啊,我也是發現騷動,很多大人都往西南那山丘去,等等應該會有新的消息。」葉牧芝連忙點頭,一屁股坐在黃曉韋的對面。

她一坐下,黃曉韋揚睫瞧見她時,瞬間嚇到般的彈離座位。

簡子芸狐疑的趕忙拉住女孩的衣服,她差點就重心不穩的向後倒了啊!

「曉韋,妳幹嘛啦?」葉牧芝也被她嚇到了,坐也不是站也不是半蹲著。

黃曉韋望著她，心跳開始加速，她微顫著身體，手上的粉拳握了又鬆，最後在簡子芸安撫下才坐了做來。

「對不起……」意外地，黃曉韋竟開口道歉，「我不知道事情會變成這樣……」

葉牧芝不懂她在說啥，跨腳坐穩板凳，拿吸管帥氣插進飲料，「道什麼歉？誰？」

「我覺得瘦長人知道我們最想要的是什麼。」黃曉韋自嘲般的一笑，「例如，在友誼最重要的前提下，我希望把妳送出去，換回宋玟玉。」

嗯？葉牧芝喝的是珍奶，看吸管裡的珍出排成一排卡住，就可以知道她此刻的心情，她咬著吸管丈二金剛摸不著頭腦，圓眼眨呀眨的，好半天才能吐出一個字：「嗄？」

「所以妳才說妳把吳美谷送出去了嗎？」汪聿芃立即不客氣的拉起張一秋，「是不是？喂！」

「我不是我沒有！」張一秋一直是崩潰狀態，「我不知道我是著了什麼魔——」

「都市傳說還是很可怕的，瘦長人能洞悉我們的想法吧？」黃曉韋看向葉牧芝，自嘲般的冷笑，「我是眞的很喜歡妳，我很珍惜這段友情，但是當妳居然保送時，我還是恨不得妳可以消失在這個世界上！」

曉韋！葉牧芝完全震驚的後退，不可思議的看著眼前的同學，在這個鎮上，大家都是一起長大的，友誼不是區區國一才開始這麼簡單而已。

「妳不是不在意嗎？」葉牧芝揪著胸口，幾天前說的而已！

「那叫自欺欺人，我理智上知道不能怪妳，但情感上還無法釋懷！」黃曉韋現在倒是相當冷靜，「給音樂盒什麼的不過是噱頭，學姐們提到許願時，我就曾想過如果重要的東西塡妳的名字那該有多好！」

淚水瞬間就滑出葉牧芝的眼眶，她知道黃曉韋不會太甘心，也擔心過友情變質，但她眞的沒料到……會到希望她消失這一步。

「所以事情才會圍繞在你們之間。」簡子芸握緊了拳，「張一秋喜歡周霖宇，因此也希望把吳美谷交換出去。」

「不，我跟一秋不同。」黃曉韋反駁自辯，回首看著被汪聿芃拽著哭泣的張一秋，「妳今天擦的口紅，明明就是那個新色對吧？」

什麼？汪聿芃上前想瞧個仔細，張一秋立即抿緊唇，不想把唇色露出來。

「呃，秋冬新色長怎樣啊？」汪聿芃有點洩氣，就算看得見她也分辨不出！

「她有兩支嗎？」童胤恒心頭一涼，「我的天哪！不要告訴我她眞的寫上了吳美谷的名字！」

「我只是開玩笑的！我不相信眞的有瘦長人啊！」張一秋發狂的甩開汪聿芃的手，「我不知道眞的有這種事，對不起對不起！」

尖叫著，張一秋就往外衝，汪聿芃沒兩步就揪住了她的頭髮，不客氣向後拖，再使勁朝地上摜！

同時，玻璃門推開，民宿阿姨一臉錯愕的望著現場的混亂。

「現在是怎樣？」

「吵架而已！」康晉翊立即起身，「歹勢，等等講好就好了。」

簡子芸趁機趕緊上前扶起張一秋，扶著哭哭啼啼的她往桌邊帶，阿姨環顧四周，眼神明顯的是在找人，眉頭越皺越緊。

「那兩個——」

「他們回來了，已經上樓去睡覺！」汪聿芃睜著眼睛說瞎話，「不過腳踏車放在別的地方，他們剛走到附近便直接走回來，醒來後會再去騎回來！」

這是什麼理由啊！康晉翊故作鎮靜的衝著民宿阿姨微笑，「對不起，不過這裡腳踏車不會丟吧？」

「是不會啦！」阿姨依然懷疑的往樓上看，「啊他們要不要吃中飯？」

「不必管他們，他們都這樣，生活不正常！」汪聿芃說得跟眞的一樣，「謝謝阿姨，餐放著就好，醒來他們愛吃不吃！」

阿姨其實也心不在焉，一臉憂心忡忡的繞進櫃檯裡，看上去還夾帶著一絲的恐懼。

「汪聿芃！」康晉翊忍不住笑了起來。

「我們小聲點，盡量不要吵到他們囉！」她旋過身，開心的往桌邊去。

她的位子在童胤恒的左手邊，愉快的跨入後，抓過飯就狼吞虎嚥起來。

「吃慢一點！沒人跟妳搶！」童胤恒好笑的望著她，「妳一直在門口就是爲了交代……小蛙他們的行蹤？」

講白點就是爲了騙阿姨嗎？

「嗯啊，不然我怕會被擋。」汪聿芃聳了聳肩，「我要喝飲料！謝謝！」

簡子芸給予讚許的笑容，將飲料推給她，她邊插入吸管還越過童胤恒給了周霖宇誠摯的笑容，謝謝他請客，但周霖宇卻深陷張一秋的實情告發，一時無法回神。

「哭夠了吧！逃避不能解決事情。」黃曉韋按著左手邊張一秋的肩，「我們應該是來找到線索，好找出瘦長人到底要什麼？」

「嗚……嗚嗚……」張一秋掩面痛哭，「我眞的不知道會這樣……」

「黃曉韋說得對，友誼是妳們之間最珍貴的東西，也是因爲如此才會想要救宋玟玉回來，實驗她寫的辦法。」康晉翊略嘆息，「但如果大家都有這樣的心就很可怕了，黃曉韋妳希望葉牧芝消失，所以下午葉牧芝差點受到襲擊；張一秋的話……妳是直接寫上了吳美谷的名字嗎？」

張一秋沒說話，嗚咽聲更大的伏案痛哭。

周霖宇絕望般的往兩點鐘看去，看著痛哭失聲的張一秋，桌上拳頭握得死緊，青筋暴露，身邊的童胤恒見狀，立刻拍了拍他的肩，看來張一秋果然很敏感，周霖宇的確喜歡吳美谷。

「不過周伊樂倒是回來了，因爲周霖宇沒有什麼雜念吧！」汪聿芃吃到一個地步，終於有空開口了，「他誠心的把珍愛的東西拿去交換，剛好他妹被帶走，瘦長人就順理成章的還給你了。」

心無雜念啊……這回推起來又多添一絲悲傷，只要周伊樂沒跟哥哥去森林，現在就什麼事都沒有了，因爲宋玟玉早就回來了吧！

「葉牧芝呢？」黃曉韋問向葉牧芝，「妳的心裡，有過什麼念頭沒有？」

「沒……沒有！我眞的沒有想過誰消失的事，我也沒討厭誰，我只希望玟玉可以回來……」葉牧芝頓了一下，眼神閃過一絲惶恐，「啊，不會吧……」

「誰？」黃曉韋喉頭緊窒，心裡希望不要是她。

「宋……」葉牧芝咬著指甲低下頭，後面的字她不敢說。

汪聿芃哦的一聲，姓宋的不就是：「那個姐姐喔！」

咦？葉牧芝緊張的抬頭，尷尬爲難的看著汪聿芃，又心虛的閃躲眼神。

「因爲姐姐從頭到尾對我們的態度都很差，又動手傷人，我能理解……」

黃曉韋不得不承認心裡偷偷舒了口氣，「不過瘦長人應該不會理會妳，因爲宋玟琦不會是妳珍貴的東西。」

她不在這段珍貴的友情內，所以就算葉牧芝寫上宋玟琦的名字也沒什麼用。

「那就妳們的瞭解，吳美谷或林靖雯、會想換掉什麼？」簡子芸已經攤開筆記本了，「啊林靖雯呢？她現在人跑哪兒去？」

「她說有事，而且不想再繼續扯進這件事了……可能怕成爲下一個吳美谷吧！」黃曉韋略頓了一會兒，「就算我跟吳美谷很好，我還眞不能確定她對誰有別的心思，她是完全不需要嫉妒別人的人……林靖雯就難說了，不過她的答案說不定跟牧芝一樣。」

「因為宋玟琦打她好幾次……」葉牧芝小小聲的回應著。

簡子芸書寫著，那天還有誰去……「阿架呢？」

阿架，那個金毛的孩子。

「我們跟阿架不熟，只知道他喜歡宋玟玉，但平常他就是個嘴很賤的傢伙，我們甚至不是很喜歡他。」黃曉韋實話實說，「昨天周伊樂回來他失控後，我們也沒跟他聯繫。」

童胤恒立即滑開手機查看，群組裡的確少一個已讀……不，吳美谷已身故、是少了三個。

「少三個已讀，吳美谷、阿架跟林靖雯嗎？」這很好數，他轉向汪聿芃。

「我有讀！」他就知道她懷疑她。

張一秋淚眼婆娑的略抬頭，「靖雯怎麼了？」

「我打電話給她看看好了。」黃曉韋頷了首，拿著手機先到外面去撥號。走到民宿外的她看著幾輛車飛也似的從眼前急駛而過，驚訝的發現那是記者的車子！

「記者來了！」她奪門而入，「外面好多SNG車，一台接一台的！」

康晉翊不假思索的立刻拿過桌角的遙控器，打開電視，現在科技的發達就是隨時有直播，不必到現場去人擠人。

『傳聞中有瘦長人出沒的K鎮，今天又發生了離奇事件，在友台的監視系統拍到了匪夷所思的畫面——』記者說著，畫面切換到一個馬賽克的鏡頭。

原本寂靜的鏡頭裡是一片蓊鬱帶金光的樹林，突然間從天而降一個東西，近距離的掠過鏡頭前，樹葉斷枝飛散。

下一個鏡頭是另一個方向的遠景，從天而降落一個人形，清楚的掉落在地。

『我們可以從鏡頭清楚的看見落下的是個人！非常清楚！』鏡頭以慢動作處理，還畫了個紅圈，『就是這裡，切實的是一個人。』

鏡頭試圖要拉近，但是拉到最近也看不清楚對方的樣子，但卻是一具人形無誤。

『根據我們最新的畫面，這從天而降的人已經過世！』記者用驚奇的口吻說著，『是的，那是一具乾屍，屍體早已木乃伊化，還穿著學生制服！』

電視機前的學生們面面相覷——乾屍？

『現場現在被封鎖線層層封鎖……』

鏡頭始終打著馬賽克，警察們極力阻擋，將記者截在遠遠的地方。

汪聿芃緩緩起身，瞄向了對面的張一秋，「交換禮物沒有錯啊！瘦長人拿了吳美谷，所以還了一個人回來！」

「還六十幾年前的人嗎？」童胤恒驚異的衝口而出，「大家所求是宋玟玉啊！」

「都市傳說能講理的嗎？」康晉翊即刻起身收拾著桌上的東西，「走吧！」

「去哪？」黃曉韋慌亂的問。

「我們去看那具屍體，妳們——去找找林靖雯跟阿架吧！」康晉翊認眞的看著她們，「葉牧芝妳要小心，不要落單，遠離樹。」

葉牧芝偷偷的瞄了黃曉韋一眼，「瘦長人會一直不放過我嗎？」

黃曉韋聞言，略顫了一下身子。

「這我們就不知道了，小心爲上。」簡子芸也將桌上的東西收妥。

一片混亂之際，民宿阿姨卻扳著臉走出來，「你們是想去哪裡？不是要你們待在民宿裡嗎？」

「我們要出去。」康晉翊大方的走向大門，「阿姨不會想囚禁我們吧？」

「最好不要喔，我覺得妳只有一個人，贏面不大！」汪聿芃直接放話威脅，乾淨俐落。

只見民宿阿姨爲難的瞥著他們，「那個，鎭長請你們去大廟啦！」

「……廟？」康晉翊一時以爲自己聽錯了。

「去祠堂嗎？」周霖宇大吃一驚，「開大會了嗎？」

「只有出大事時才會到大廟裡耶！」黃曉韋認眞的點頭，「我覺得既然是鎭長提的，就去一趟！說不定是要告訴大家那具屍體是誰！」

所有人一致同意，除了張一秋外，國中生都要一起過去，葉牧芝待在人多的地方也好，所以康晉翊沒有阻止；有當地人帶著，大家跨上腳踏車前往K鎭重要的祠堂。

這同時，簡子芸發訊息給應該抵達目的地的蔡志友與小蛙：到底是找到了沒有？

看著身上被刮壞的T恤，小蛙咕噥個沒完，這他上週才買的新衣服，排氣窗進來時硬生生撕了道口子。

「你可以不要這麼婆媽嗎？就一件T恤！」蔡志友翻了個白眼。

「限量！」小蛙認眞的抱怨。

無奈的搖搖頭，他們小心翼翼的在圖書館裡行走，外面似乎發生大事了，原本在外面的管理員都離開了，完全關閉狀態的圖書館，倒給了他們大搖大擺的機會。

宋玟玉記事本下的數字湊在一起，像極了索書號，昨天被趕出去，今天直接爬窗進來！

「幹！還眞的是！」小蛙拿著紙條貼在櫃子上瞧，數字、位數、排序就是索書號！

「快找吧！」蔡志友背了前頭的號碼，疾步上前尋找區塊。

終於，他們在一個八竿子打不著的「地質學區」中的一本冷門書籍裡，對到了一模一樣的索書號。

「所以瘦長人是從地底冒出來的嗎？」小蛙非常認眞的看著架上那本書。

「地心冒險之類的。」蔡志友也煞有其事的回答著。

從架上取下書，這書眞的新到頁張都會割人，蔡志友完全不明白這跟瘦長人有什麼關係，而且一個國中生看這麼深奧的書做什麼？

每一頁都翻了，想著是不是有藏東西在裡面……但眞的什麼都沒有。

「有沒有搞錯？就算巧合也太巧了，哪有可能眞的就這個號碼？」小蛙一把將書搶了過來，直接粗魯的用力甩晃著這本書。

整本書都翻來倒去了，不過就是沒有任何東西落下來。

蔡志友在附近的書裡找尋線索，總不會藏在書架上吧，還是……

「修蛋A！」小蛙突地把書給翻過來，「這裡修誇怪怪喔！」

他把書翻正，打開的卻是第一頁……這本是硬殼書，那可能會敲死人的書殼內側，有一點微妙的厚度。

小蛙暗中從口袋裡拿出了瑞士刀，當即割開了內頁。

「我說你隨身都帶著刀子啊……」蔡志友皺起眉。

「身爲一個8＋9，隨身帶把刀子是很合理的。」小蛙一點都不客氣，粗魯的撕開黏住的內頁，裡面果然有一張折起來的……報紙。

「這古董嗎？」蔡志友立馬阻止小蛙動手，「我拿！這東西很舊了，你不要把它扯破了！你割另一面看看。」

折成四方的報紙拿出，紙質已偏脆還泛黃，蔡志友不敢大意的將之鋪平在地上，先打光拍照，再來細細端詳；小蛙在封底也找到了報紙，兩個人先把照片傳給群組後，拿著手電筒看上頭驚人的標題跟畫素很差的照片。

在濃霧裡的纖長人影，說眞的那身高那比例，就是瘦長人啊！

報紙是當地小報，還是手寫的，滿版都是六十三年前的失蹤案，那張瘦長人的照片是記者拍攝，上面寫著截至目前為止失蹤的孩子們，總共十四個人！

「果然不只是小孩，最大的有高一……但是她十五歲！」蔡志友一一看著名字，「大家都不想承認樹林深處有個我們不知道的東西存在，但是這麼多孩子不見了，全都是瘦長人所為！」

小蛙那份也是追蹤報導，放的失蹤孩子的照片，最近失蹤孩子是上學時不見的，下頭是黑暗籠罩小鎮，多少戶的失蹤的孩子未尋回，同時有滅門血案，員警疲於奔命，找尋他鎮協助……「我看現在也快跟當年一樣了吧？這鎮的警力太少了！」

「你看這邊：有孩子親眼看到瘦長人，證實瘦長人的存在！」蔡志友驚異的往下唸，「長得像雞蛋……噗！」

詭異感瞬間被打散，連小蛙都忍不住大笑起來，「還水煮的喔！皮膚超好那種！」

「搞屁啊，不過這也證實了瘦長人沒五官的傳聞耶！」蔡志友繼續往下讀著，「孩子說，瘦長人對他們很好，要帶他們去一個神祕好玩的地方玩……」

「這邊還有一張是第一個失蹤時的報導，滿版！」小蛙拿出另一張報紙，因為第一個失蹤新聞版面很大，連一個自殺新聞都被擠到角落去。

「與同伴玩捉迷藏時失蹤……他們到森林裡玩啊，這樣就遇到瘦長人了！」

「就誘拐小朋友啊……喂，我們先出去吧，困在這裡我也覺得不舒服！」小蛙跳起來，打算去找個大本的繪本或什麼書，好把報紙夾在裡頭。

反正他們是爬窗進來的，也不在乎再順一本書出去。

在一樓的圖書館相當挑高，光線都來自於牆上緣的一整排氣窗，那高度他們兩個根本不可能爬上，所以他們挑的是圖書館後門的窗戶，那兒有墊腳之處可以踩，好爬很多。

拿著壓夾著報紙的畫冊，兩個人準備循原路出去，一路從書架中間走道往前疾走……沙喀沙喀……喀喀喀……

有東西就這麼刮著上方的氣窗，一路與他們逆向而行。

兩個男孩忍不住慢下步伐，看著那影子與他們逆向的朝後方走去，那個人就走在外頭，他們都能瞧見他的黑色西裝，他如枝椏般的手，刮著玻璃窗，一步、一步……

那得多高啊，蔡志友瞠目結舌的看著一路走遠的長腿，刮著玻璃窗嘎吱作響——突然間，那腳步一頓，身子彎下來了！

「幹！」小蛙一聲髒話，拽著蔡志友就往就近的書架間躲了進去！

他們拼命的往裡走，這角度外面應該看不見！

不知道隔了多久，終於又聽見那樹枝刮著玻璃的聲響，越來越遠、越來越遠……直到不再有聲音為止。

那個瘦長人，是在逛大街嗎？他要去哪啊？

很大部分的鎮民都在大廟聚集，有師父正在焚香誦經燒紙錢，看樣子為的是過世的人那個突然出現的乾屍。

康晉翊他們看到群組照片都倒抽一口氣，清晰的報紙在高科技的相機下一覽無遺，事情切實發生在六十三年前啊！

「我的佳佳！佳佳啊——」一個連站都站不穩的阿嬤，聲嘶力竭的哭喊著。

汪聿芃環顧四周，這是個像三合院的地方，外面有圍牆，而且鎮民們事先用布圍起來，刻意不讓媒體跟拍，他們剛進來時，也是由鎮民放行的。

院子很大，中間有一棵可能幾百歲的榕樹，許多老人家還坐在下頭聊天喝茶，還有許多小桌上擺著象棋，看來是正下到一半。

「六十三年前的女孩嗎？」汪聿芃毫無顧忌的上前，「吳佳佳，失蹤時十歲，就是掉下來的那具乾屍嗎？」

鎮長聽見她的聲音吃驚的回頭，一時間現場安靜下來，只剩下師父略有遲疑的誦經超渡聲。

「爲什麼……」童胤恒瞄了眼手機，汪聿芃已經把名單看過一輪了嗎？

「我們以爲事情結束了！最後一個失蹤的人是陳家大寶，然後就不再有事情了！」鎮長激動的嚷嚷，「那是那是……那個佳佳，爲什麼會突然出現!?」

阿嬤哭到心臟都快停了，一旁的親人趕緊攙起她。

「媽，別哭了！妳別這樣……至少姐回來了對吧！她回來了啊！」攙著阿嬤的應該是女兒，也已經是白髮蒼蒼的婦人了。

六十三年前，超過一甲子的歲月啊。

「不不！那我家玟玉也會變成這樣子嗎？」一旁的宋媽媽突然爆發，「我有生之年都不一定見得到她嗎？」

「到底瘦長人是眞的假的？爲什麼會有這種事？」有些鎮民發難了，「不是說是無稽之談，樹靈只是古老傳說！現在卻突然出現六十幾年前的屍體？」

「所以我家玟玉已經死了嗎？」連宋爸爸都逼近崩潰，「佳佳那模樣就是孩子的姿態啊！她當年一被抓走就死了吧！」

「你們叫什麼叫！我家寧珮在這裡就被殺了！」這個應該是寧珮家人了，

「無緣無故的，他是怎麼挑人的？」

「爸媽！」宋玟琦也趕緊去攙扶哭倒的母親，「你們別這樣，這、這不一定的，宋玟玉才失蹤十幾天而已！」

「十幾天！正常人十幾天能活嗎！」宋爸爸哭到心痛，「為什麼是我們？為什麼是我們家？」

「如果非要我們家，為什麼不選妳？」宋媽媽突然翻身抓住了宋玟琦的雙手，哭得涕泗縱橫，「為什麼不是妳啊？為什麼帶走我最寶貝的玟玉？」

宋玟琦當場僵住，她看著哭嚎的母親，完全接不上話。

哇……童胤恒擰眉，這些話竟從母親口中說出，叫人情何以堪？

「你給我們一個交代啊，瘦長人出現時不必通知的嗎？他是怎麼挑人的？」

現場吵成一片，康晉翊示意不要再往前了，這不是他們能插手的事，所以大家默默退後來到榕樹下，聽見幾個老人家長嘆著。

「六十三年囉！」老人家還在下著棋。

「是啊，我哥哥如果還在，也要過七十大壽囉！」

「唉，這簡直是這個鎮的詛咒……」觀戰的老人家悠哉的揮著扇子，一抬頭與童胤恒四目相望，「你們這些外地來的年輕人，不會懂的……」

葉牧芝緊張得揪著黃曉韋的衣角，即使剛剛知道黃曉韋的妒心，她還是相信她們彼此的友情，聽到這些大人間的對話既恐懼又震憾；黃曉韋也自然的勾著她，這氛圍實在很可怕，尤其她發現長輩們幾乎都知道瘦長人的事——卻又假裝不知道這件事！

「我們爲什麼從來不知道有瘦長人的事？」她忍不住對著老人家問，拉高分貝，「甚至還強調新聞亂說，樹靈跟瘦長人無關！都市傳說是子虛烏有！」

「我爸媽也沒說過，這次新聞出來後，一直指著新聞說是亂講、是騙人！」葉牧芝也不可思議，「就連我們想找A大的都市傳說社過來，都要被數落一頓。」

「就是因爲他們都知道，所以才聯合起來掩蓋事實！」

聲音來自剛進入三合院的削瘦男孩，這身影讓童胤恒嚇了一跳，靈玄社的阿曾看上去有點憔悴，身上多處瘀青就算了，手上竟然還繫著斷掉的繩子，像是他剛剛才弄斷似的！

童胤恒衝上前，扶著連走路都一拐一拐的阿曾，他連腳上都有著繩索勒住的痕跡。

「你被綁起來嗎?」

「被我爸媽，因爲他們不想讓我繼續找瘦長人的資料。」阿曾又氣又惱，

「不少大人根本全部都知道，宋玟玉查到的沒錯，她之前就跟我說過，瘦長人早就在這裡出現過，帶走過許多小孩了!」

老人家看著阿曾，從容的正首，走了下一步棋，彷彿一切都與他無關；康晉翊仔細觀察現場的大人們，沒有人反駁，反而是用一種嚴肅不悅的神色瞪著他們。

宋家父母仍舊伏地痛哭，乾屍佳佳的母親哭到昏厥，鎮長與幾個長者正在低語，沒有人反駁阿曾，也沒人應和他。

未成年的少年們開始交談，他們都是被喝斥閉嘴不要多談的人，都是被告知沒有瘦長人這種東西，結果今天從半空中落下一具六十三年前的屍體，還是瘦長人帶走的咧!

這個鎮上，埋了什麼祕密啊?

「不要告訴我，宋玟玉是發現太多了……」簡子芸突然覺得極度不安，喃喃自語。

咦？但是黃曉韋她們聽見了，詫異得瞪圓眼，是這樣嗎……看著靈玄社社長被親生父母束縛軟禁，那如果玟玉眞的查到太多當年的事實，所以也被——

一片落葉，突然飄落在黃曉韋面前。

她被葉子嚇到，下意識的抬頭往上看去，卻在那高大蓊鬱的榕樹裡，看見了黑色的西裝褲，與盤踞在裡頭的人。

瘦長人雙腳橫跨在粗大的樹幹上，以蜘蛛般的蹲在榕樹裡，黃曉韋張大了嘴，連尖叫都來不及——唰！大手往下一抓，鮮血噴湧，嚇得葉牧芝一時睜不開眼！

「咦！」簡子芸也呆住了，在她眼前兩步之遙的同學，頭顱被拔掉了！紅血噴泉直接上噴，葉牧芝甚至還勾著黃曉韋的手，簡子芸立即向上抬頭，康晉翊大掌即刻上前覆住。

「不要看……葉牧芝！」康晉翊不顧濺到臉上的鮮血，蓋住簡子芸的臉就往後拖，周霖宇圈住葉牧芝也往後帶，這幾秒鐘的時間，所有人都措手不及。

汪聿芃直接衝到黃曉韋身邊，在她身子癱軟倒下之際，那枝椏般的長手刺穿了黃曉韋的胸罩，輕而易舉到令人匪夷所思，鮮血當面噴了汪聿芃整臉都是，她直覺的閉上雙眼，隨意一抹趕緊再睜眼，看見的卻是直接沒入榕樹裡的身體！

眞的是穿進去的！汪聿芃伸手攫抓不著，驀而抬首，耳邊只聽見童胤恒的叫聲！

「汪聿芃！」他即使甩下阿曾奔過去，也與她有段來不及的距離。

滿臉是血的她只是用力的眨了眨眼，黃曉韋的血都噴進她眼球裡，不適地逼出淚水，揉著眼睛，感受到奔到身邊的童胤恒。

「不見了。」她轉向他時相當駭人，滿臉鮮血，彷彿她剛剛拿刀捅了誰。

童胤恒跟著抬頭，哪有什麼瘦長人，百歲的老榕樹隨風輕搖，古老粗壯的樹枝紋風不動，樹鬚飄忽，風穿過縫隙傳來沙沙呼呼的聲音，要多人環抱才能成圈的樹幹某面，殘留著新鮮未乾的鮮血，正緩緩順著樹幹凹槽處滴落。

所有事情不過十秒間的事，有人連換氣都來不及，更多的人不知道發生什麼事，當看見渾身是血的葉牧芝與汪聿芃時，才意識到事情的嚴重性。

康晉翊上前摸了把樹幹，即得滿手鮮血。

「我終於知道托兒所對面的樹爲什麼會有血了……」只怕根本不必驗，一定是寧珮的。

「啊啊啊……」有人湊前來看，終於發出驚恐的尖叫聲，「啊——夭壽啊！黃曉韋！黃家的阿韋被抓走了啦！」

黃曉韋的父母看來還沒到，但阿公已經來了，連半句都沒吭，當即暈了過去！其他家長飛快的拖著自己未成年的孩子遠離樹木，越遠越好；而下棋的老人家們在驚愕之後，還是繼續走棋。

「呀……呀呀啊啊──」恢復神智的葉牧芝終於崩潰，她離黃曉韋太近，摘掉頭從斷口噴出的血幾乎全淋在她身上了。

現場一陣混亂，外頭的記者聽得心好癢，好幾個人索性拿刀子打算割開圍起的防水帆布，一拍究竟。

「我沒關係，沒事。」汪聿芃婉拒了簡子芸遞上的濕紙巾，推開了童胤恒的攙扶，筆直的朝著混亂的鎮長等人走過去。

「怎麼會這樣!?到底是……」

「夠了沒啊！」汪聿芃突然的大吼，鎮長錯愕回身，「圍繞在這武祈山邊的每一個鎮，都有個專屬的都市傳說，這片山群，本身就是都市傳說的孕育地，到底是想騙到什麼時候？」

第九章 崇拜者

六十三年前第一個孩子失蹤時，所有的大人也是這樣的做法，那是更早的年代，傳下來的是林子裡有個可怕的怪物，或是山神或是樹靈。

根據目擊者的回憶，那是個徒具人形、但四肢極瘦、身高超過三公尺的男人，身著黑色西服，簡直像是走路的細竿，頭部是顆煮熟的蛋。

他總會隱藏在林子裡、在樹木後，用著沒人知道的手法，帶走、或誘拐走一個又一個的孩子；沒有人知道該怎麼辦，當年所有人只能採取施法、獻祭，但都不能阻止小孩接連失蹤，直到瘦長人不再出現為止。

突然有一天，瘦長人不再出現了，時間再久一點，大家也漸漸忘了那份恐懼，但是失去孩子的家屬依舊心痛，長者們不希望再次發生類似的事件，他們認眞鑽研，甚至組隊進入森林裡搜尋，卻一無所獲。

隨著科技與時代的進步，他們開始不希望重提這件事，這說出去像是一種迷信與迂腐的代表，再接著新的一代完全沒接觸過那時的事件，只覺得父母們在說不可考的民間傳說，也不知道從什麼時候開始，「高瘦樹靈」變成不該提的事、變成落後迷信的象徵，終至變成不存在。

「但二十歲那天，父母親會把這件事傳承下去，告訴成年的人山旁的森林裡有未知且可怕的高瘦人，隨時可能會拐走孩子，但會不會再出現沒人會知道，不過未來如果有孩子，要避免讓他們晚上到林子裡去。」所長長吁了口氣，「我們都是半信半疑，連我都覺得扯，但是在看過當年的失蹤案後，我又覺得不能太鐵齒。」

「大家其實多半就是寧可信其有，不讓小孩夜晚落單接近後山而已……」宋媽媽悲傷的揪著心口，「可是我沒想到白天、還是由老師帶著全班去樹林裡……也會讓我的寶貝死掉！」

宋爸爸摟過妻子，泣不成聲的安撫著，而他們的另一個女兒則是在他們後方，雙手抱胸靠著牆，冷冷的望著他們。

這麼遠，童胤恒都能感受到她的忿怒……是啊，哪個孩子能接受父母抓著她哭喊，希望死去的或失蹤的是她？而不是另一個孩子呢？

這種偏心到了病態的地步，連他們這些外人都不禁懷疑宋玟琦與宋玟玉是否是親生姐妹了。

「怎麼挑選的沒人知道，我們就只能被動的，直到他停止的那天。」鎮長痛苦的說著，「我們都不希望孩子出事，但是……但是在剛剛之前，我眞的很難相信他眞的存在！」

蔡志友跟小蛙已經折返了，他們帶著當年的報紙回來，「那我請問一下，當年的報紙都不見是怎樣？宋玟玉還特地藏起來！」

「宋玟玉是眞的被瘦長人抓走嗎？」小蛙冷哼一聲，「我總覺得你們爲了隱藏瘦長人的事，到了無所不用其極的地步啊……」

說著，他一邊瞥向了坐在一旁休息的阿曾，他手腳的瘀青何等明顯。

「宋玟玉查到很多事，但後來有一天我問她時，她卻又不講報導的事了。」阿曾暗自握拳，「那時我就隱約感覺到，她在害怕什麼！」

「不要胡說，再怎樣我們都不會傷害孩子！」所長不悅的厲聲斥責，「我們的確去警告宋玟玉，她追查得太多，還偷了鑰匙進檔案室調閱當年的報紙，都市傳說會引起恐慌，人面魚事件後我們就決定不能讓都市傳說影響人心！」

「事實就是事實，那不叫影響人心，叫逃避現實。」康晉翊義正詞嚴的說著，「說不定宋玟玉因爲研究，而能察覺到瘦長人出現的原因，進而阻止一切，那麼——宋玟玉、吳美谷、寧珮、黃曉韋，這些人就不會出事了！」

寧珮的媽媽嗚咽一聲又哭了出來，心痛如絞，只有身爲父母才能體會；鎮長與所長們擰著眉搖頭，對他們而言，半信半疑的東西不僅成眞，還堂而現身，也是他們始料未及的事啊！

「現在我們也沒有頭緒，瘦長人抓人的標準是什麼。」簡子芸瞥了一眼榕樹，「剛剛葉牧芝就在黃曉韋身邊，他稍早攻擊葉牧芝未果，但是剛剛卻先選擇黃曉韋。」

葉牧芝渾身顫抖的坐在一旁的椅凳上，她已經什麼話都說不出來了，黃曉韋被拔掉頭顱的過程她親眼看得一清二楚，精神受到重大的打擊，周霖宇只能在旁安撫著她。

「爲什麼是黃曉韋？」汪聿芃就好奇這一點，「又落在你們這一群？」

葉牧芝已經很難回答她，這也是她想知道的。

「天曉得其他人想什麼？」蔡志友話說得有點殘酷，「吳美谷或是林靖雯，會不會其中有人是不喜歡黃曉韋，或是妒忌她的？」

現在唯一熟悉朋友群的葉牧芝一時難以回神，再來簡子芸不覺得探討這個有必要了。

「這於事無補，我們得找到怎麼阻止瘦長人的方法。」簡子芸喃喃唸著，一邊翻著宋玟玉的筆記本，試圖找出一些蛛絲馬跡。

問題是宋玟玉眞的很痴迷都市傳說，除了推崇外，完全沒有找到相關的訊息。

「喂——救命——」外頭突然傳來破音的呼喊聲，「殺人了！救人喔！」

康晉翊即刻轉向外頭，「阿架的聲音？」那沙啞粗嘎聲就他啊！

外頭一堆記者，要什麼沒有，現在要人最多！記者們扛著攝影機跟麥克風飛快的往回衝，看著騎著機車的阿架歪歪斜斜的從斜波滑下來。

不過他一看到一堆衝來的記者可嚇到了，連忙煞車，因爲在坡道上，還得用雙腳抵住。

衝來的記者們一瞧見渾身是血的阿架立刻認眞拍用力拍，看著麥克風都要嘟過來了。

「殺人了啦！你們還在拍什麼！」阿架鬆開煞車，「後面有殺人凶手！」

後面？阿架讓機車滑下小山坡道，眾人方才發現他後座坐了一個滿身是血的男人，痛苦的撫著血流不止的腹部；數秒後，一個騎著腳踏車的女孩出現，亦是滿臉鮮血，急著追趕。

康晉翊從三合院裡奔出，蔡志友趕緊上前幫忙制住機車，協助阿架把他背上的男人攙下。

「你爸喔？」汪聿芃這口吻問得很冷。

「林靖雯的爸爸啦！」阿架上氣不接下氣，「他肚子被割開了，一直流血！」

「送醫院啊！快！」有人衝出，「我去開車！」

「先不要動他，手壓在腹部止血！」簡子芸蹲在人身邊，試著傷口加壓。

抬頭往上看去，林靖雯的腳踏車順勢滑下，身邊身後的記者又跟著追趕回來。

「……靖雯也出事了嗎？」葉牧芝在周霖宇的協助下踉蹌奔出，她快受不了同學一一的出事了！

阿架看見葉牧芝一怔，大家現在是在比血多的耶！

「靠！什麼出事！是她家出事了！」阿架回頭想指向林靖雯，赫見她居然逼近了，「停——她是殺人凶手，她殺了她自己全家！」

什麼!?所有人都還在震驚當中，汪聿芃已經衝出去，直接拽扯林靖雯的龍頭朝旁推去，不讓她有機會衝來！

滾下車的林靖雯身下出現鏗鏘聲，一把鮮血淋漓的水果刀與她一起滾落。

「啊……」如鯊魚般的記者們一見到血，卻是同時向後退，驚恐的拍著緩緩起身的林靖雯。

那個應該很清秀的女孩拾起刀，緊緊握著，用著大家熟悉的臉孔與聲音朝前走來，「是我，林靖雯啊！小芝！」

葉牧芝傻了，周霖宇早一步把她推到身後去，這是什麼情況？

「我騎到一半看見她在追殺她爸，我就偷了……應該是廖叔的機車救他走了！」阿架指著林靖雯，「她超變態的，一直想追殺到底！這妳爸耶！」

「呵……呵……」林靖雯突然笑了起來，「哈哈，哈哈哈哈！」

靖雯？葉牧芝不可思議，這種笑法根本不是她認識的林靖雯！

一個攝影師從林靖雯背後謹慎的靠近，這麼多壯漢，要奪刀制伏一個國中女生並非難事。

「他喜歡很多人，我要殺死很多人，他才會帶我走！」林靖雯瘋狂的眼梭巡所有人，「我要殺死你們，全部送給瘦長人！」

催眠。

「都市傳說社」的人腦海同時出現了這個字眼，這不僅僅是都市傳說，而是眞實發生過的事，有許多孩子爲了要成爲瘦長人的夥伴，他們認爲的儀式是屠殺生命，獻給瘦長人。

於此同時，壯漢由後抱住了林靖雯，其他人上前巧奪刀子，眨眼間她就被壓制了，刀子被踢得老遠，嘶吼狂叫聲不止。

「放開！不行，我才殺了四個人——不夠！」林靖雯哭了起來，「你們不能這樣，我想要去他的世界！」

所長上前處理，將林靖雯上銬，同時派一對警察去林家查看！

「不不！為什麼……」葉牧芝居然奔向林靖雯，「瘦長人殺了吳美谷、剛剛又殺了曉韋，妳為什麼會想跟他在一起？」

林靖雯用高傲神情睨向葉牧芝，「誰？」

誰？這瞬間，葉牧芝心都涼了……連她、吳美谷跟曉韋都不認得了嗎？

「這是瘦長人的催眠，凡是見過他的人，可能都被催眠了。」簡子芸有些後怕，好幾次他們都因好奇心想看瘦長人的眞面目，「這些孩子認為殺了人就能成為瘦長人的夥伴，所以不惜殺死親近的人或是……」

某個畫面，闖進了小蛙的腦子裡，「啊幹！當年報紙下面寫的滅門血案該不會是指這個吧？」

「咦？」蔡志友當下憶起，「對對對，報紙說一直有孩子失蹤，但更慘的是還有發生血案，K鎭籠罩在黑暗中——而且當年有目擊者，所以就是有孩子看見瘦長人但沒被帶走！」

「卻被催眠了。」康晉翊緊握飽拳，「對孩子而言，最容易下手的當然是親人！」

最容易下手的，當然是親人！

周霖宇逐漸睜圓了雙眼，看著全身掙扎扭動、歇斯底里的林靖雯，她是什麼時候看過瘦長人的？那天夕陽西下的白樺樹邊，與葉牧芝一起見到的。

還有誰，可能也見過……

「不——」周霖宇突然大吼一聲，筆直衝向前，扶起阿架剛偷來的機車，催動引擎往上衝去。

「喂，那我的車……系安怎啊？」車子氣急敗壞的往前衝，廖叔無奈只能看著自己機車揚長而去。

汪聿芃與童胤恒只對看一眼，誰都沒說話，心照不宣的連忙去找自己的腳踏車——周伊樂！

女人在廚房裡留意著烤箱裡的布丁，手上拿著手機不停的滑動著，鎮上的群組傳來駭人消息，憑空出現六十三年前的孩子屍體，讓鄧家奶奶哭到肝腸寸斷，那是她的大女兒啊！

成年時她曾被父母告知過瘦長人的可能性，她是不信的，但夜晚本來就不要讓孩子去林間，這點要遵守很容易，不過當宋家那個女孩失蹤、又有人看到瘦長人時，她不禁懷疑起來。

霖宇的熱血心腸在這種時刻反而叫她頭痛，她萬萬沒想到他會爬窗出去，跟那群都市傳說社的大學生到樹林裡去，若是平常一定重罰，但偏偏伊樂還跟了出去，這眞的讓人氣不打一處來。

他們兄妹感情極密切，伊樂更是崇拜哥哥，以哥哥爲榮，所以有樣學樣是常態！周霖宇就是太大意，自身犯險時，忘了妹妹也會學習！

伊樂失蹤那晚她覺得世界都要崩潰了，她想起了那個國中女生、想起了有人目擊到瘦長人，新聞裡的大幅報導，讓她幾乎陷入瘋狂，直到伊樂被那些學生發現！

她欣喜若狂、她感激上蒼，沒有讓伊樂成爲瘦長人的一份子，孩子平安回來比什麼都重要；原本她跟老公想好好懲處霖宇，但那天在警局他們也意識到，那群學生似乎原本是想救宋家女孩回來，卻因爲伊樂的介入，讓可能性變了調。

她跟丈夫都是半信半疑的人，但是也不好說些什麼，畢竟宋家父母天天處於悲傷邊緣，霖宇也很難受，這讓他們夫妻不知道該不該懲處他了。

只是事情越演越烈，昨天在電話裡還跟她說瘦長人是假的媽媽，今天卻傳說從天上掉下六十三年前失蹤的女生，而且已是具乾屍。

她知道鎮長要大家集合，但是……伊樂歷經寧珮事件，她不希望孩子再暴露於危險中，與丈夫決定不去參加，好好在家陪著伊樂；雖是孩子，但寧珮是她最佳的玩伴，就這樣出事……連屍體都不存在。

女人朝二樓望去，伊樂哭著說她什麼都沒見到，很糟糕的是……連她都不相信。

她蹲在烤箱前看著水蒸布丁的進度，她花時間做孩子們喜歡的甜點，一方面也能讓自己分心，不要去想……伊樂究竟看到了什麼？她有看見寧珮被殺嗎？那個怪物爲什麼要殺害孩子？

她的孩子會回來，眞的是因爲那些大學生帶禮物去交換嗎？那爲什麼寧珮會出事？那麼乖巧的孩子……

「媽媽？」

左邊傳來稚嫩的聲音，媽媽卻因措手不及嚇了好大一跳，直接跌坐在地！

「……伊樂！妳下樓怎麼沒聲音的，嚇到媽媽了！」媽媽趕緊撐著地面重新蹲妥，一顆心還跳得極快呢！「怎麼啦？媽媽在烤布丁喔！」

「好香喔！」周伊樂蹦蹦跳跳的過來，看著烤箱裡的布丁哇了一聲，「我要吃！」

「還不行喔，布丁要冰涼了才可以吃！」媽媽準備起身，找點別的給孩子解饞，「還是我們吃巧克力？」

「嗯……媽媽，寧珮呢？」周伊樂揪著媽媽的袖子，突然好奇的問。

喝！面對這問題媽媽愣住了，她……不知道寧珮出事了嗎？

「那個……寧珮她……」媽媽緊張的轉著想著，要扯什麼樣的謊？

「我跟寧珮跑到花園，寧珮說要幫我講祕密的！」周伊樂一臉憂心忡忡，「我不能講，但是她說她可以！」

媽媽愣住了，「祕密？什麼祕密？」

周伊樂立即絞著手，低下頭後開始搖晃，「不行，我不行說……」跟著，兩隻小手掌摀住嘴巴，緊張得不再說話。

「伊樂，妳告訴媽媽，發生什麼事了！」媽媽趕緊拉下她交疊的封嘴的手，「有什麼祕密是寧珮可以知道，但媽媽不行？」

周伊樂開始呈現心慌，掙扎的想推開母親，「不行啦……我答應不可以說的，我真的不能說！」

「但妳告訴寧珮了啊！」媽媽箝制住她的雙臂，「妳是不是小小聲告訴她了？」

周伊樂眼神飄移，帶著恐慌，「我小小聲的說……寧珮說她要去告訴老師，告訴老師……」她頓了一下，皺著眉環顧廚房，「爲什麼我回家了？」

「伊樂，專心點，告訴媽媽。」母親仍舊急著要知道，「妳知道什麼祕密？妳看到什麼了對嗎？」

周伊樂倒抽一口氣，害怕得開始顫抖，左顧右盼的謹慎，還是恐懼的搖頭，「只能小小聲……」

「好！小小聲！」媽媽抱住周伊樂，側了臉，讓她附耳說著。

周伊樂緊張的抿著唇，小手還舉起到嘴邊，小小聲的湊近媽媽的耳朵——

「我想去瘦長人那裡……」

咦？媽媽還沒聽懂孩子在說什麼，一陣劇痛瞬間從頸部傳來，周伊樂用力的把美工刀插進媽媽的頸子裡，紅血急速湧出。

女孩退後了一大步，看著噴灑出來的血液，綻開了天眞的笑靨。

「我一定要殺很多很多人，這樣瘦長人才會喜歡我，他就不會再把我扔下來了！」

母親不可思議的看著燦笑的女兒，她伸手壓著頸子，但根本抵不過頸動脈噴出的血流量，沒幾秒光景她連起身都困難，剛曲膝想起立即跌落在地，伸手抓向流理台垂下的抹布，而抹布上放了夾烤盤的夾子，這麼一扯便落了地。

鏗鏘聲響，她試圖用這個方式，警告丈夫。

「伊……」媽媽連想說話都變得吃力了。

周伊樂直接把美工刀扔到地上，朝樓梯上就是一陣狂亂尖叫：「呀——呀——爸爸——」

不不不！母親驚恐的看著孩子，聽見樓下傳來緊張的回應，緊接著是腳步聲，她伸長手想阻止，卻根本……無能為力。

母親癱軟趴在地上的同時，丈夫奔下了樓，在逼近一樓時就看見了廚房的滿地鮮血，登時嚇壞了。

「媽媽？」男人焦急步下，還差點絆倒。

「爸爸！媽媽流血了！好多血喔！」周伊樂原地哭喊著，不停尖叫。

丈夫衝到妻子身邊鮮血漫流一地，未曾闔眼的妻子正直視前方，瞪大雙眼，丈夫一時之間根本不知道到底發生什麼事、妻子的傷口位於何處！

「這是怎麼回事？伊樂！」爸爸不明所以，「電話，我手機在樓上……」

「爸爸！」周伊樂哭著，衝向了父親，緊緊勾住他的頸子，「好可怕！媽媽全身都是血……嗚……」

丈夫腦袋一片空白，他沒辦法思考也沒辦法做判斷，只能抱著女兒，輕拍著她的背，「媽媽……媽媽怎麼了？媽媽爲什麼會流血？」

剎！尖銳的刀子，一把插進了父親的頸子裡。

冰冷與刺痛同時傳來，父親震顫身子，完全無法反應……女兒鬆開了環著他頸子的手，輕快的在血泊中跳舞，每一步，都能濺出紅色水花。

「我們要更努力，這樣瘦長人才會帶我們去他那邊玩喔！」周伊樂開心得手舞足蹈，「我再也不要被扔在森林裡了，那邊好多好多人喔！爸爸！」

在周霖宇衝回家的路上，半空中突然又掉下一具屍體，壓垮了SNG車，還差點釀成了車禍；車子緊急煞車，導致旁邊及後方的腳踏車差點撞上，現場亂成一團。

周霖宇根本不在乎掉下來是什麼，獨自就騎車飆回家。

屍體跌下後還滾了兩圈，不偏不倚的落在汪聿芃的輪胎前，她僵直身子看著沒有頭的屍體，那頭骨剛剛墜落的瞬間就不知道彈到哪裡去了。

「這個連乾屍都不算，是可以撿骨的程度了吧？」小蛙跳下車，謹愼的打量

著。

他說得也沒錯，沒有什麼噁心腐爛的場面，這一摔把這具屍體摔得四分五裂，被屍水染黃的制服癱在地上，口袋上繡有名字，看來並不難找。

「這是帶走黃曉韋的回禮嗎？」簡子芸皺眉別過了頭，「國中女生的友情有點可怕。」

「嫉妒羨慕都是人之常情，不如說是瘦長人太放大這樣的情緒了。」童胤恒只覺得遺憾，「沒見到張一秋眞的知道吳美谷死亡後逼近崩潰嗎？她要的只是周霖宇喜歡她，不是希望吳美谷死。」

「但是她寫了吳美谷的名字耶！」汪聿芃完全不以爲然，「那是交換禮物耶！」

童胤恒無奈的深呼吸，「她不信啊！」

或許不信、或許覺得事情沒這麼嚴重，就只是做做樣子，誰曉得交換禮物的規則竟是眞，瘦長人乾脆的帶走了吳美谷。

「我比較想知道是誰希望把黃曉韋送給瘦長人的。」康晉翊盤算著，他們一票人立即被警察請離開屍體邊，「黃曉韋是嫉妒葉牧芝的，所以不太可能是葉牧芝下的手，林靖雯的狀況應該是被催眠，張一秋目標是吳美谷——」

「這樣只剩下吳美谷了。」蔡志友挑起嘴角，「正妹說不定介意太聰明的閨蜜。」

「那都不重要啦！快點去追周霖宇！」汪聿芃重新跨上腳踏車，「他們家那個是正港見過瘦長人還被催眠的人！」

傳說中，總是要殺死很多人，才能證明自己有資格跟瘦長人在一起，才能去他的世界，雖然不明白沒有五官的瘦長人究竟怎麼催眠，但切實見到他的只有林靖雯跟周伊樂兩個人。

而林靖雯剛剛屠殺了自己的家人。

一堆人騎得飛快，但是到了十字路口卻愣住了：「誰知道周霖宇家住哪裡啊？」

康晉翊張口問著，看著所有同伴錯愕，誰曉得啊！

「我我！跟我走！」阿架的粗嘎聲從後面傳來，咻的一聲掠過了他們。

葉牧芝精神崩潰的被留在廟那邊，她身上的血都是證物，所長的確疲於奔命，鎮長稍早就請隔壁的H鎮警力支援，否則現在鎮上一連串失蹤、死亡與屍體現身，他們人手根本不足。

張一秋躲回家後就不敢出來了，林靖雯被拘留在廟那兒，一開始那些友情堅定的國中生，最後只剩下這個類似局外人的阿架在。

接近周家時大家就覺得不妙了，因爲周霖宇的腳踏車倒在裡面，而從門口往外是清晰可見的足跡，足跡是向外的，越來越淡，誰都看得出來是小孩子的腳印。

「先不要進去吧！」康晉翊阻止了阿架，「裡面狀況應該不好，如果是第一現場的話，大家不要破壞比較好。」

阿架聞言，幾分戒愼，「什麼第一現場？」

「血跡這麼明顯還要問嗎？」簡子芸嘆了口氣，「周霖宇？周霖宇你在嗎？」

童胤恒架穩腳踏車，他有點擔心周霖宇，「他這樣進去會不會出事？」

驚鳥飛林，汪聿芃看向遠方後山上的鳥群，有什麼驚動了牠們，或許是風，或許是在裡頭穿梭的某個人。

「你究竟要什麼啊？」汪聿芃喃喃的說著。

敞開的大門裡走出渾身是血的周霖宇，阿架看了嚇一大跳，急著就想報警。

「我沒受傷……不是我的血……」他臉色慘白，雙手抵著門緣才勉強支撐住，「阿架，幫我報警，就說我家有命案……兩個人。」

現場一片靜寂，說什麼都不對，阿架默默拿起手機報警，打給疲於奔命的警察。

「周伊樂不在裡面對吧？」康晉翊理性的上前，朝他伸出手，「你要不要先出來？」

周霖宇看著他們，痛苦的深呼吸，眼底盈滿淚水，痛苦的緊皺眉心掩面，踉蹌遲緩的步出；他走路都不穩，康晉翊與簡子芸趕緊上前攙扶，一感受到支撐，周霖宇整個人旋即癱軟，壓上了康晉翊的身。

「小心小心……」康晉翊穩住重心撐住他。

「……學長，學長你告訴我！」周霖宇驀地緊抓住康晉翊的手，「是伊樂嗎？眞的是她殺了爸媽？爲什麼她要這樣做？爲什麼？她才只有八歲！」

簡子芸緊張得倒抽一口氣，看著周霖宇痛苦的模樣，她揪著一顆心不知道當說不當說。

「因爲她被催眠了！瘦長人的都市傳說裡，瘦長人具有強大的催眠能力，很多小孩會覺得殺很多人很威很屌，才能被瘦長人看見，成爲他的信徒。」蔡志友主動解釋，「現在的周伊樂跟林靖雯一樣，他們要的是拼命的殺，無惡不作，瘦長人就會出現帶走他們。」

「早說就隨便叫幾個人也去交換禮物，把他們交換掉不就好了！」小蛙嘖了好大聲。

「那不一樣，他們是追隨者，不是……被交換的。」汪聿芃搖了搖頭，「你沒看黃曉韋都是瘦長人自己動手，但是周伊樂她們是要跟在左右追隨的，完全不一樣。」

「活著跟掛掉的差別嗎？」小蛙挑了眉，「啊這樣說，那個小朋友也是周伊樂下的手嗎？」

寧珮，周霖宇倏地想起那個托兒所的女孩，妹妹最好的玩伴，老師說寧珮的喉裡插著樹枝，而爸爸媽媽的傷口都是被刺穿的頸部……他的妹妹爲什麼會變成這樣!?

「我明白你很難接受，但是這就……都市傳說的影響。」簡子芸蹲下身，溫柔堅定的一字字說著，「唯一看到瘦長人五官的是林靖雯跟周伊樂，我們推斷可能因此受到催眠了……所以你能想想她會去哪裡嗎？她現在只會繼續殺而已！」

「繼續……」周霖宇搖著頭，「她一個才八歲的小女孩，能做什麼……能殺多少人？」

「就因爲她只有八歲，同學！」童胤恒嚴肅的回應著，「在大家眼裡就是她只有八歲，她可憐脆弱，誰都會中招的，她比林靖雯危險太多了！」

「童子軍說得對，他是妳妹妹，你知道她會去哪裡嗎？」康晉翊大手按在周霖宇肩頭，希望他振作。

這對一個國中生來說很殘忍，但他必須振作，否則那個可愛天眞的小女孩，會殺掉更多的人。

只見周霖宇痛苦的闔眼，掙扎著自己站起身，走到一旁試圖冷靜的思考。

誰也不敢吵他，康晉翊讓大家離他遠一點，給他點空間。

「折騰半天，還是連瘦長人在哪裡都不知道，也不知道到底要怎麼終止這個循環。」簡子芸手上的本子都快翻爛了，「他的爸媽還在裡面，表示瘦長人沒有帶走他們對吧？」

康晉翊明白她的意思，因爲寧珮的遺體被瘦長人奪去了。

「你有聽見什麼嗎？」蔡志友問著童胤恒，當然是多問的，如果他有聽見，早就頭痛到從腳踏車摔下來了。

小蛙用手掌頂了頂蔡志友，大家都沒看見外星女怪怪的嗎？她就一直往遠處的山那邊看去，看得若有所思，看得彷彿就有瘦長人在附近走著。

「宋玟玉回不來了對吧？」結果先出聲的是阿架，帶著無盡惆悵。

大家很爲難的看著他，因爲誰也不知道答案是什麼。

「她跟吳美谷一樣嗎？流了這麼多血才死……我希望她不要太痛苦。」

「小子！你真的很喜歡她厚！」小蛙上前，一肘子勾過他，「不錯嘛！怎麼不早點告白？」

「唉唉……」阿架只有嘆息，「誰知道會有都市傳說！你國中時有想過這種爛事嗎？」

嗯，說得有理，小蛙科科的鬆開手，又在他背上擊了幾下，「我們會盡力，只要她活著……」

「如果沒有，我希望她沒有痛苦，她太忍耐了。」阿架倒是誠心誠意，「老是委屈自己，想成全所有人，整個很莫名其妙！」

「原來如此，所以大家才會這麼喜歡她啊……」蔡志友這話裡帶了奇怪的意思，「我想說怎麼有人人緣可以好成這樣，大家都不惜一切想換她回來。」

「喂，這叫友情！」康晉翊沒好氣的白了他一眼，「就算換成別人失蹤，其他人也會這樣努力的希望救回同學啊！」

「可是現在已經死兩個了耶！」汪聿芃永遠都算準時間搭話。

「女生之間本來就這樣啦！但宋玟玉真的是人人好，對大家好，大家自然也對她好啊！」阿架口吻裡難掩愛意，「連那個大熊姐都能包容……雖然我很討厭她姐，好幾次見到她都很想揍下去！」

「你應該在宋玟琦打其他女孩時出個手吧？」簡子芸說得認眞，「我感覺得出宋玟琦態度很差。」

「我有啊，你問問周霖宇，我有沒有！」阿架指著周霖宇嚷嚷，立刻被康晉翊打斷，不要吵他！「那姐姐平常對宋玟玉一點兒都不好，結果宋玟玉一失蹤，她氣到抓狂耶！」

「這就是手足，再不好也是我們自己的事，輪不到外人說嘴。」蔡志友會心一笑。

「你們知道她爲了成全態女唸體育學院，不打算考城市的高中嗎？」阿架搖了搖頭，「她成績也不差，問葉牧芝就知道，要考進公立根本不難，結果……」

「……你說的好像他們家境慘到只能讓一個人唸書似的。」小蛙回憶了一下，「我們去過啊，不差啊……也沒那麼慘吧！」

「問題是她爸媽只幫她存錢啊，玟玉是很可愛，但她爸媽偏心偏得太過了，要宋玟琦在這邊唸高中後，就可以去賺錢了！卻要讓宋玟玉去S市唸高中，還打算在那邊買間房子讓她住！」阿架搖了搖頭，「我是宋玟玉當然爽啊，問題是她知道後，寧可把那筆錢讓給態女……」

「……」汪聿芃有點困惑，「親生姐妹嗎？」

「對，親生的！但眼裡只有宋玟玉。」周霖宇接了話，「宋玟琦待宋玟玉有多糟全校都知道，但這種情況只是讓宋爸媽變本加厲的護著宋玟玉而已，這就是惡性循環！」

他無奈的聳肩，轉身竟朝前方走去。

「對厚，宋玟琦你們班的！」阿架跟上沒幾秒，突然下了腳踏車，扔到一邊。

因爲周霖宇舉起右手，示意了隔壁的隔壁，鄰居鄭家。

小蛙飛快的拉過蔡志友，他們要繞到後面去堵住後路，萬一周伊樂已經跑了，至少能知道她往哪邊去；其餘的人小心翼翼的接近鄭家小院子，透天厝外有個小庭院，外頭停有一輛銀色房車，旁邊是草地、小鐵樹與灌木叢，不過看起來不太擅長照顧，植物都已枯萎了。

大家圍在圍牆外，只有周霖宇一個人走進去，他壓抑著激動的情緒，雙拳緊握，「小樂——小樂妳在哪裡？」

磅磅磅，他拍了門，「鄭爸爸！鄭媽媽！你們有看見周伊樂嗎？」

手機震動，簡子芸點開視訊通話，大家都按下靜音，看見小蛙拍攝緊閉的後門，沒有血跡也沒有腳印，他把腳踏車擋在後門圍牆口，最好八歲打得贏他這個

8＋9還有蔡志友這彪形大漢。

長按著電鈴，卻沒有人回應，周霖宇確定剛剛在三合院的只有鄭爸爸，現在就算在祠堂處理事情，裡面還有鄭媽媽和他們三個小孩！

「周伊樂？伊樂有沒有去你們那邊——」腳步聲逼近，周霖宇緊張得倒退一大步，不可思議的看著霧玻璃那邊的影子，喀啦的打開門……

是鄭家的長子，六歲的男孩。

男孩呆呆的望著周霖宇，全身上下都是血，臉上甚至還有被撫過的指頭血痕。

「……霖宇哥哥。」男孩呆呆的回應著。

周霖宇看見他的血心都涼了一半，他焦急得蹲下來，查看著他全身上下，果然這不是受傷的人——「媽媽呢？」

「在睡覺。」男孩用稚嫩的童音說著。

「你有看到伊樂姐姐嗎？」周霖宇用力嚥了口口水，眞希望自己能維持平穩的語調，但好難，好難啊！

「跟媽媽在睡覺。」男孩自然的回著。

「你身上怎麼這麼髒呢？」

「媽媽弄髒的！媽媽把地板弄得髒兮兮的！」小強嘟起嘴，「一直睡覺一直睡覺一直睡覺都不起來！」

看來，是不會起來了，周霖宇簡直痛心疾首，他還是慢了一步！

「去哪裡！」後面驀地傳來聲響，後門開啓，小蛙就擋在門口，伸手要攔卻撲了空。

周伊樂一聲驚叫後，動作飛快的立即再把後門關上，反而讓想追上的小蛙直接撞上門！

站在門口的周霖宇立刻看見打算衝出來的寶貝妹妹，他趕緊的抱起小弟弟，回身遞向門口，康晉翊見狀即刻上前協助抱過小孩子，連忙退出圍牆外。

「周伊樂！」周霖宇大步橫跨，直接擋在門前，「妳在做什麼？」

門前的女孩煞住車，周霖宇已經不記得她今天原本穿什麼顏色的衣服了，因爲現在的周伊樂是徹頭徹尾的血紅，一雙手黏膩濕濡，只剩下那雙大眼閃亮白淨。

「……哥哥……」她一秒掉淚，是個可憐的小人兒，「哥哥，好可怕！」

周霖宇望著她，心臟彷彿被人掐了緊，拳頭緊緊握著，逼自己抽搐的嘴角笑……笑！

「我知道，伊樂不要怕……」周霖宇蹲下身，朝她張開雙臂，「哥哥在找妳啊！」

周霖宇！阿架急著要衝上前，童胤恒立即攔下他，周霖宇應該知道他妹妹的狀況，他或許有他的用意，畢竟是哥哥啊！

屋子裡繼續傳來咿呀的哭聲，鄰居生了個孩子才六個月大，正在客廳的電動搖籃那兒晃呀晃的，不適的叫著。

她沒殺小孩，只殺大人耶！汪聿芃扯扯童胤恒的衣服低語著，發現了嗎？明明有足夠的時間，更別說還有個嬰兒，周伊樂卻沒有下手。

「別哭！別哭！哥哥在這裡！」周霖宇緊緊擁住周伊樂，康晉翊在外面緊張得要命，隨時準備要衝出去阻止行凶。

不過，不知道是否周伊樂本身的意識還在，她居然還沒下手。

「好多血，伊樂好怕！」女孩抽抽噎噎。

「我知道，我都知道……」周霖宇用力深呼吸，「哥哥最愛妳了，告訴哥哥，妳爲什麼要這樣？」

「因爲我想去瘦長人那邊，他告訴我，我要殺很多很多人才不會被丟下來。」

意外的，周伊樂居然稚氣的說了實話，「森林好可怕，伊樂不想一個人，我不要被丟下來！」

「殺……好多好多人啊！」周霖宇捧起周伊樂的臉，試圖擦掉上面的血跡，他還想再多看一眼妹妹。

「好多好多。」周伊樂揚起得意的微笑。

「那哥哥的命給妳。」周霖宇溫柔的，笑著，珍惜般的看著寶貝妹妹。

周霖宇的T恤下，褲腰帶上，也備了一把刀，在他回到家看見父母慘死在血泊中時，他就知道都市傳說社說的是真的！爸媽不可能這麼輕易的被殺害，致命傷還是頸子？而且……伊樂的美工刀就在地上！

「那，伊樂還要跟哥哥說一個祕密喔！」周伊樂歪了頭，準備環住最愛的哥哥頸子——童胤恒手上不知何時已經撿了花園磚，以籃球校隊的投籃準度，他有自信可以準確的打掉周伊樂握在手裡的任何東西！

「唔！」電光石火間，劇痛直竄腦門，磚塊從童胤恒手裡掉落，他的人也跟著趴到地上咬牙撫著頭！

剎，那花園裡的小小鐵樹瞬間變成大樹……不，變成穿著黑色西裝的瘦長人，他伸長的左手眨眼間穿過周伊樂的胸膛，卻沒有刺穿周伊樂面前的周霖宇，手般的樹枝張牙舞爪的刺穿周伊樂後，卻向後反折的包裹住她的雙臂與身子。

周霖宇驚愕的看著妹妹，下一秒她唰地從他手中被抽走，站起的瘦長人果然有著超過三公尺以上的身高，長腿一邁，就跨過了馬路！

「伊樂——」回過神的周霖宇，痛苦的大吼著！

但他只能看見轉眼遠去的瘦長人身影，儘管他左手上還插著妹妹的身體，他卻完全無能爲力！

「童子軍！起來！」康晉翊連忙拽著童胤恒起身，「阿架……阿架！去追汪聿芃！」

「誰？」阿架根本都石化了。

「剛剛衝出去那個啊！」簡子芸激動的喊著！

「靠！你們有沒有看到，那個——」小蛙他們衝回來了，直指著遠處奔跑的身影，「瘦長人耶！」

「汪聿芃追上去了，你們也快點追上去！」簡子芸邊喊，一邊架起童胤恒的腳踏車，「童子軍！汪聿芃跑了，我們不能讓她追著瘦長人走！」

童胤恒拼命的用掌根敲著額頭，疼痛好不容易才稍退，伸手握住龍頭，「可惡！痛死我了！」

「行了嗎？不行也得行！」康晉翊拍拍他的背，「瘦長人往後山去了！」

「是啊，往後山去了！」童胤恒咬牙說著，「因為大爺他要收工了！」

準備出發的康晉翊愣住了，「什麼？」

「剛剛他說了，最後一個。」不然他為什麼會痛成這樣！

一行人急起直追，周霖宇也只遲疑了幾秒，衝回家門口拾起自己的腳踏車，卻掉轉方向，他要抄捷徑，他要搶回妹妹！

第十章

宋玟玉

毫無意外的，沒人追得上汪聿芃，她就這麼一路追進了森林裡。

追在她身後的阿架在進入森林前有幾分猶疑，最後還是硬著頭皮騎了進去，一邊說服著自己現在才下午時分，不要緊的、沒關係，後面還有一堆學長姐對吧！

對……阿架忍不住回頭看，騎速緩了下來，直到看見童胤恒的身影時才大大鬆了一口氣！

「汪聿芃！」童胤恒扯開嗓子吼著，「妳不要再追了！」

「我成年了！」汪聿芃的聲音在林子裡迴盪著！

我成年了……了了……

康晉翊登時一驚，對啊，他們都是成年人，不是瘦長人的目標，所以被催眠者只殺大人不殺孩子是這個理論嗎？他看著遠方的身影，不由得憂心。

「阿架是未成年！」他大吼著，「大家留意，這裡只有阿架是未成年！」

咦？這不吼還好，一吼連阿架都嚇到了，他停下腳踏車，完全不敢再往前一步，環顧著四周翠綠的樹業，第一次不覺得身處在樹林裡會有多健康的感覺。

意外的這句話對汪聿芃也有用，她緊急煞車，俐落的調轉車頭朝阿架身邊去！雖然不確定瘦長人對阿架有沒有興趣，但他的確是危險性最高的人！

沒一分鐘，阿架覺得自己像個中心，所有人都朝他這邊衝至後停下。

「只要未成年瘦長人都要嗎？」阿架劈頭就問，「這也太奇怪了，沒問一下我們的意願嗎？」

「會問他還叫都市傳說嗎？傻孩子。」小蛙哈哈大笑起來，「我覺得你人緣不太好，應該不會有人把你當珍惜的物品。」

「而且瘦長人也有權考慮一下要不要換？」蔡志友再補一刀。

「喂，我聽得到耶！」阿架沒好氣的抱怨，他是有多壞？嘴賤了點而已啊！

「汪聿芃。」童胤恒連罵都沒力氣了。

「我想追追看，他能去哪裡！」汪聿芃也老實，「森林這麼大，他總有住所吧！」

「妳現在在跟我討論一個，能偽裝成迷你鐵樹的傢伙嗎？」康晉翊一點兒都不想探討，「還是想討論那個隨便穿過某棵樹就能消失的傢伙？」

噢，汪聿芃難掩失望，「這很不公平！」

「跟都市傳說討論公平？」簡子芸笑不太出來，「我知道妳想跟過去，是想知道被帶走的人去了哪裡對吧？」

那是當然，汪聿芃大方點頭，還順道推了阿架一把，「他也想啊！」

阿架聞言只是難掩悲傷，第十四天，他心底已經不抱什麼希望了。

「現在我反而希望……宋玟玉離開時沒什麼痛楚，不要像周伊樂剛剛那樣。」阿架語重心長的，「如果她眞的沒事，回來發現大家照她的本子跟瘦長人談交換，結果現在……她同學們幾乎都出了事，她無法承受的。」

「現在呢？該怎麼辦？」蔡志友嘆了口氣外加兩手一攤，「不知道瘦長人在哪裡，也不知道他接下來要幹嘛，還有多少人會出事，噢，還有我們能確定的被催眠殺人狂有一個被警方銬在祠堂那裡。」

「我剛聽到瘦長人說最後一個了。」童胤恒低沉的回著，不經意揉了揉太陽穴。

咦？汪聿芃詫異的望向他，「最後一個？」

「對，不是我們溝通的語言，但是……就是說最後一個。」童胤恒完全不知道該怎麼解釋，可是他就是知道瘦長人說了什麼。

阿架才瞠目結舌，「都市傳說社」的人聽得到都市傳說說話喔，太厲害了！難怪會是赫赫有名的都市傳說社。

「最後……」汪聿芃環顧四周，「不會再出來了嗎？爲什麼？」

「我沒很想知道爲什麼，不要再出來亂就好了！」小蛙想起在圖書館外漫步的瘦長人，明明沒做什麼，卻讓他跟蔡志友心臟都快停了。

沙喀沙喀，那樹枝刮過玻璃的聲響，令人雞皮疙瘩都竄了起來。

「爲什麼是最後一個啊？他收集夠了嗎？所以一開始就要周伊樂的話——幹嘛把她放回來殺人？」汪聿芃覺得莫名其妙。

簡子芸一愣，汪聿芃說得有理啊，她立刻忙著想把記事本拿出來，康晉翊索性要大家原地停留，先下車聚在中間的空地上吧！

「那個……」阿架提出了建議，「要不要乾脆去一個好地方？」

「這裡會有什麼好地方？」童胤恒完全不以爲然。

「就……那天宋玟玉她們聚餐的地方？」

所有人立即馬上跨上腳踏車，動作迅速俐落到眨眼間只有阿架一個人還站在地上……真的是「都市傳說社」，跟那個靈玄社社長一個樣，嘴上說危險好害怕，一遇到都市傳說還是衝。

那兒離這裡不遠，畢竟淨山時老師都不會帶到太偏僻的地方去，就算當日吳美谷她們偷溜，也沒敢跑多遠；騎著腳踏車順著小路沒兩分鐘就到了，往左是登山步道，右邊就是石板子地，從這邊開始，腳踏車騎不進去，一夥人即刻扔在外面。

「我想請問一下，如果今天你們都未成年，也敢這樣進來嗎？」阿架忍不住問了。

嗯？六個人紛紛看向他，每個人疑惑均寫在臉上，「這跟成不成年有什麼關係？」

「對啊，有瘦長人還不進來看是傻了嗎？」小蛙才不可思議，「瘦長人耶！同學！」

對啊，瘦長人耶……同學……誰想進來啊！阿架只能嘆氣，要不是有所為，他才不想進來這個地方咧！

不一會兒他就帶大家來到一大片樹林區，這裡算是平坦，離山徑很近，但樹與樹的距離甚遠，難怪女孩們能在這兒坐下野餐聊天。

「這裡眞的離階梯不遠，最多十步，轉個彎就是石板子路了。」蔡志友緩步量著，「隨便扯開喉嚨喊都應該聽得見。」

「她不是沒喊，就是來不及喊。」簡子芸悠悠的望著那生與死的距離，竟是這麼短。

「在迷霧之中，我們的十步說不定是她的二十步，甚至兩百步，越走越遠。」童胤恒伸長手，想像瀰漫霧氣的樣子。

簡子芸逕自打開筆記本，直接席地而坐，開始計算著人數，她怎麼覺得哪裡怪怪的？

而阿架，則默默走到一旁，望著眼前深邃的森林，尋了棵樹，像是祈禱般的低首合掌，虔誠姿態；童胤恒拉著汪聿芃要她別亂跑，她比了個噓，保證在一旁繞著不亂走。

如果，宋玟玉是被瘦長人帶走的話……會不會在這裡的某棵樹上，也殘留著被拖進去的血痕呢？就算十餘天過去了，卡在樹幹上的血跡並沒有那麼容易消失吧？

「假設宋玟玉的筆記本全是正確傳說的前提下，見到瘦長人的周伊樂與林靖雯，已經開始覺得暴力與屠殺可以讓她們追隨瘦長人左右，周伊樂殺了三個大人、一個孩子，但卻只有寧珮被瘦長人帶走。」簡子芸在本子上一一羅列，「我剛原本以為她只殺大人的！」

「對啊，我們忘了寧珮，她也是唯一被瘦長人串走的那個！」康晉翊看著本子上列出的人名，「有沒有可能……寧珮真的不是周伊樂殺的？」

所有人錯愕得面面相覷，從認為瘦長人殺害，到周伊樂屠殺，再回到原點，大家腦子都有點迷糊了。

難道，有人把寧珮當作交換禮物了？

康晉翊回首觀察其他人，阿架看起來依然在禱告，而童胤恒跟著汪聿芃，一邊聽他們說話，一邊留意她不要亂跑；不發一語的汪聿芃只是逐一的查看樹，完全不明白她想看些什麼。

「回到交換禮物。」簡子芸唰唰唰畫出一堆關係圖，「周霖宇用棒球換回周伊樂，張一秋用吳美谷換回一具乾屍、黃曉韋試圖用葉牧芝交換沒成功，但吳美谷可能用黃曉韋換了一具骷髏回來——但葉牧芝跟阿架的禮物都沒有得到回應。」

汪聿芃聞聲回過了頭，幽幽的看向阿架的背影。

「啊！我們剛從圖書館出來時，溪邊也掉下一具屍體喔！」蔡志友這才想起的補充道，「聽到那些大人說是摔在溪石上。」

「這個是用誰換的？」康晉翊看著多出來的一具屍體，但卻沒有人失蹤啊……「不對，我們無法確實掌握失蹤者的證據。」

「呃，是周伊樂吧？」童胤恒在不遠處提醒。

「啊啊，對對！」簡子芸恍然大悟，「因為周伊樂被帶走，換回了溪邊那具乾屍。」

「剛剛又多了兩具。」

氣喘吁吁的男孩突然出聲，嚇得所有人驚聲尖叫，是追趕來的周霖宇。

他們以為男孩沉浸於悲傷之中，沒想到他追了過來，見到他渾身是血，大家不由得有些同情。

「未成年還進來做什麼?」蔡志友唸著。

「我想找回我妹。」周霖宇咬著牙，一字一字的說。

「如果是瘦長人要的人，找不回來的可能性很高喔!」康晉翊語重心長的勸慰，「別忘了宋玟玉也……」

「他可以把妹妹還給我，爲什麼又要對她做那種事——」周霖宇瞬間崩潰大吼，「他讓她親手殺了我爸媽，奪走我所有的親人，再把她也帶走，究竟爲什麼——」

悲傷的怒吼迴盪在森林間，樹木們彷彿聽見他的悲泣般，隨風舞動的風也傳來了嗚嗚聲響。

阿架回頭看著伏地痛哭的周霖宇，學長的心一定比他更痛，他只是失去了一個還沒告白的女孩，但學長失去的是全部家人；他默默地從口袋裡拿出了一包文具店能買到的小小項鍊，星月形狀，隨意擺在了面前的樹下。

這是他原本，要送給宋玟玉的告白禮物，來不及送出去，就放在這林子裡，說不定有朝一日她能戴上。

汪聿芃越走越遠，童胤恒亦步亦趨，他也明白她在尋找什麼，但附近的樹幹上，眞的沒有任何殘血。

「事情不太對。」汪聿芃輕柔撫著樹幹，歪著頭打量。

「或許森林是他的地盤，他不需要藉由哪棵樹隱匿，所以不會有殘血。」童胤恒自然明白她懷疑所在。

「不是……」汪聿芃喃喃唸著，突然拿起手機，滑開了小蛙他們拍下的兩張報紙。

放大，滑動，再放大……汪聿芃只瀏覽了幾秒突然頓住，抬首看向遠方，下一秒回頭朝簡子芸他們奔去。

「報紙還在嗎？」她的大吼又讓眾人一驚。

「厚！在啦！妳這麼大聲要死了！」小蛙小心翼翼的拿出背包裡的繪本，他們壓根兒沒還給鎮長他們，「妳輕一點喔！」

汪聿芃滑坐到旁，跪在地上，迫不及待看著小蛙跟蔡志友細心攤開脆弱的報紙，眼神疾速的搜尋某樣事物。

「汪聿芃，妳發現什麼了嗎？」思想太跳躍的汪聿芃，總是能發現他們想不到的。

汪聿芃再度啊了聲，「是這樣嗎？」

「什麼？」簡子芸緊張的筆都握緊了。

「你們看，失蹤第一個小孩的前一天，發生了什麼事。」汪聿芃已經起了身，開始在原地轉圈，仰首看著周遭翠綠的葉子，「是啊，就是這樣……」

其他人圍向報紙，丈二金剛摸不著頭腦的不明白她在說什麼，失蹤第一個小孩的報紙上，怎麼可能寫誰發生了什麼事？整版都是失蹤的消息啊！小蛙歪了頭，低咒一聲幹！

「有人上吊！」他指向角落一格小小的方框，「在森林裡上吊，就這個森林吧？」

沙喀……沙喀沙喀……童胤恒顫了一下身子，微小的刺痛開始襲來，迫使他驚恐回身！

「是不是有人死了，才讓瘦長人出現呢？」原地轉圈的汪聿芃轉到一半定住，幾乎是仰著頭的看向遠方某個點。

樹葉，晃動好厲害哪。

「什麼意思？難道這森林平常不死人嗎？」康晉翊跟著跳起來了。

「那個，我們平常晚上都被禁止進入山裡，但這邊偶爾還是會有登山客失足或生病，至少我有認知以來，就有發生過有人心臟病發死亡！」周霖宇回憶起幼時，曾有登山客心臟病發身故。

「不不不，不一樣！」汪聿芃打直手臂，食指左右晃著。

意外與自殺，有想法程度上的差異，一般人不懂，說不定瘦長人懂……蔡志友反覆讀著那篇報導，心頭跟著一涼。

「這個孩子自殺的，才十二歲。」

未成年自殺。

「啊啊——小心！」童胤恒咬牙跌落在地，好痛啊！

唰——大樹們開始劇烈晃動，緊接著瘦長人的身影驀地出現，康晉翊緊張的拉起簡子芸，未成年孩子們驚慌失措，蔡志友立刻衝上前把阿架朝身邊推。

「把他們倆圍在中間！」簡子芸驚叫著，大家都抱成一團了！

黑色的手如橡皮人般的彈性伸長，使勁從眾人頭上掃過，大家在尖叫聲中伏低身子，大堆的落葉跟斷枝紛紛落下。

然後，瘦長人一個急轉彎的朝右邊奔離了。

汪聿芃雙眼從未離開過瘦長人的步伐，當他第一隻腳準備轉彎時，她就已經如箭矢般衝出去了——汪聿芃！

痛到在地上打滾的童胤恒完全不可能阻止她，只能看著她從跑在瘦長人面前、到中間，直到瘦長人下一個跨大步時她被甩在後面……然後，她抓住了瘦長人的褲管！

雙雙撞上某棵大樹，再啪沙的一起穿透消失不見。

大樹震顫，落葉處處，但大樹的前後左右，沒有落葉也沒有瘦長人，更沒有汪聿芃。

「啊啊啊——汪聿芃！」

汪聿芃是摔進來的！

踉蹌往前衝，摔到地上跌個狗吃屎，還連滾了幾圈後才停，全身都是擦傷，下巴直接KISS地上，血腥味從嘴裡流出，但她暫時不感覺到痛。

撐起身子，在頭暈之中回神，嚇得趕緊坐起，緊張的環顧四周。

啊……她看著白霧如煙般的飛過自己身邊，她竟身處在一個黑暗的迷霧森林裡，四周均是漆黑森林，霧氣濃厚，但她卻不至於跌倒或是伸手不見五指，因爲她的正前方，矗立著發光的樹。

大到神扯的月亮就在樹的正上方，像是這棵樹的專屬月亮，月光灑落在那棵沒有葉子的大樹上，這棵樹的樹枝非常獨特。樹枝如同刺蝟似的往外伸長成短刺樣，而每個短刺上頭，都串著一個人。

或串或掛，多半都是身體直接刺穿在那根樹刺上，也有身體向上或向下成圓弧狀掛在上頭的，瘦長人就站在樹旁，距離汪聿芃有幾公尺遠，但也就差不多他的一步吧？

他正用左手把串插在右手指頭上的周伊樂細心拔起，再認眞的搜尋樹刺上的屍體，最終看準了一具孩子的屍體，用枝椏般的手指鑷起後，毫不在意的向空中拋扔——汪聿芃看了都差點尖叫出聲，原本以爲屍體會落下，結果屍體就這麼消失在月光當中……

啊，是這樣嗎？落下的屍體會回到K鎮？

還在震驚之餘，瘦長人已經好整以暇的把周伊樂按進那樹刺去……而且還沒按照他稍早刺穿的孔，八歲的孩子身子能有多大？胸口一個窟窿不好好利用，這次刺穿的是腹部與骨盆，汪聿芃覺得再過幾天只要開始腐爛，周伊樂說不定就解體了。

不敢作聲，汪聿芃緩緩起立，仔仔細細的觀察著這棵樹，上頭爛掉的屍體多到噁心、乾屍也不少，白骨更是多，妙的是大家都好好的掛在上頭，就算看上去岌岌可危，卻也不會掉下來。

仔細算著，一個蘿蔔一個坑，每一根樹刺上都掛一個人，沒有空的。所以……這就是他所謂的最後一個？敢情這是瘦長人的耶誕樹嗎？沙喀……瘦長人舞動著手指，突然間一橫步跨到汪聿芃面前，她嚇得僵直身子，感受到一陣風從跟前掠過，就這麼從汪聿芃面前走過去了——他不知道她在這裡？

汪聿芃有些喜出望外，沒有五官的緣故嗎？她大方的凝視著那真的跟水煮蛋一樣光滑的臉，照這樣說啦，他就看不見聽不到聞不了？

汪聿芃提起腳，用最輕的步伐與瘦長人拉開距離，反向而行，瘦長人的壓迫感太重，她會有一腳就被踩死的感覺！

小心翼翼的繞著掛滿屍體的樹走，空氣中沒有任何腐敗的氣味，樹上偶爾有些爛肉或血掉下，汪聿芃計算著人數與尋找熟悉的身影……啊，她看見了與她一般高的樹刺上，串著曾經很美麗的吳美谷。

她兩隻眼睛都沒了，漂亮的臉龐被割得亂七八糟，身上除了穿刺的掛勾「孔洞」外，她一時找不到什麼外傷……汪聿芃想湊近一點瞧，卻被尖刺阻擋，致命傷就是直接插進她眼裡嗎？哪門子變態啊？

再往旁走沒兩步，心臟都要停了，她壓住自動發抖的右手，望向比她高一點的黃曉韋，她的身體照樣被穿刺得壓到底，被拔掉的頭顱則再穿過，貼在她自個兒的胸口前，直接從後腦杓斜穿出來，完全是硬穿，非常的粗暴。

寧珮她不認識，但在某個上方見到某個還沒爛的孩子，應該是她。

汪聿芃戛然止步，因爲有個意外的女孩，突然就坐在她面前……靜靜的依靠著某棵樹，彷彿睡著一般。

如果，不是她頭部的不正常姿勢；如果，不是她頸子上繫的那條帶子，汪聿芃眞的會以爲她還活著。

毫無腐爛，只是蒼白了點。

回身留意著瘦長人，他動也不動的站在原地，像是欣賞著他的專屬聖誕樹，偶爾還會伸長那枝椏般的手逗弄樹刺上的屍體；汪聿芃悄然蹲下，端詳靠著樹的女孩。

都十四天了啊，宋玟玉。

仔細看著她頸子間的帶子，身上一個刺穿孔都沒有，頸骨斷裂，瘦長人最好有這麼優雅……她是被殺的。

是不是在樹林裡死亡的未成年，都會引起瘦長人的注意？汪聿芃忍不住回頭看著他，他正在逗弄一個早就剩骨頭的孩子，這是種只有他能殺孩子、別人不行的概念嗎？這是什麼惡趣味？

還是孩子的死亡，會喚醒他決定更新吊飾？

汪聿芃趕緊檢視宋玟玉的全身上下，勒在她頸子上的布條似曾相識，還有什麼外傷嗎？扯亂的衣服就不要說了，防禦性傷口跑不掉，她掙扎過，臉上被打出的瘀青殘留到最後，然後……

汪聿芃低頭，看見了緊握著的右拳——咦？她才伸手想拿，沙喀沙喀的聲響又出現了！

嚇得她縮回手，倉皇朝右一瞥，瘦長人果然走過來了！

汪聿芃靈巧繞著樹朝另一邊去，邊跑還差點撞上延伸出來的尖刺們，她調整呼吸不敢太急促，看著瘦長人拉起宋玟玉，狀似呵護般的，竟開始擺弄她的身體！

死人的身體是癱軟的，所以瘦長人將宋玟玉立起後，將她安置在樹的最上方，那兒有根極凸出長的長刺，精準的貫穿了她，汪聿芃不忍卒睹的別過頭，宋玟玉彷彿真的變成了娃娃了！

等她再回頭時，卻愣住了。

宋玟玉被擺弄成芭蕾娃娃的姿勢，優雅的宛若——黃曉韋音樂盒上的那隻！

他真的有在看禮物耶！汪聿芃吃驚的看著認真的瘦長人，擺弄出的姿勢一模一樣，最後連手掌都不放過，要如同芭蕾娃娃一般優雅，宋玟玉緊握的右拳就不允許，只見瘦長人一秒扳開，一個東西從裡頭掉了出來。

那不是瘦長人在乎的東西，他只顧著擺弄宋玟玉。汪聿芃看準時機，倏地上前，抓過了落地的東西——電光石火間，瘦長人突然停住了！

才轉身的汪聿芃定在原地，她看見瘦長人倏地回頭，面向著是自己的方向……接著他伸長頸子湊了近，圓滾滾的臉蛋就在她右耳側……汪聿芃下意識屏住了呼吸。

數秒後，瘦長人再度回身往上爬去。

將宋玟玉調整到最佳姿勢，插好插穩，固定得牢靠，於是乎，他就有一棵以芭蕾娃娃爲首的聖誕節了。

到底是瘦長人寂寞嗎？汪聿芃看著這令人作嘔的樹，實在難以理解。

她要找回原本的樹，這裡待久了鐵定出事，剛剛瘦長人都留意到她了不是？躡手躡腳的想繞回原地，卻不經意的看見一旁地上放的物品，熟悉到驚人：有黃曉韋的芭蕾娃娃、周霖宇的簽名球、最新彩妝還有……

汪聿芃看見地上珮珮豬，心頭突然一沉……這幾個學生，誰會拿珮珮豬來啦！她緊皺起眉，那天晚上……周伊樂不只跟著哥哥來，還把自己喜歡的東西也拿來交換了嗎？

結果，她最好的玩伴是寧珮啊！所以……瘦長人才會帶寧珮走！說不定眞的是瘦長人下的手、也說不定是周伊樂殺了她、瘦長人再拎走屍體，只是再多猜測也不會有人知道實情，但是——寧珮確定是被換走的禮物了。

最後一樣，是一把梳子，她不知道誰放了那玩意兒，但用刪去法來說，這最有可能是阿架放的女用梳子……

沙喀沙喀，枝葉亂顫的聲音傳來，她如驚弓之鳥的回身，卻看見瘦長人手舞足蹈的圍繞著那棵屍體樹跳舞，扭曲不成樣的舞蹈，但也能瞧得出他的興奮之情，甚至有好幾下，模仿著芭蕾娃娃的大跳。

咻——磅！重重落地時，樹上的屍體跟著搖晃，喀啦啦！喀啦……

汪聿芃仰頭看到一具快掉下來的白骨，瞇起眼，笑了。

回身拾起周霖宇交換的棒球，幾乎就在這瞬間，沙喀沙喀的聲音驟停——汪聿芃連回身都來不及，就感受到背後風壓殺至！

跑！她伏低身子二話不說向左拐了彎就跑，只差一秒鐘，瘦長人的手臂主動伸長甚至繞過了那棵大樹，直搗她剛剛站立的地方！

要是她慢一秒，現在就跟著變串燒了！

「原來不能動你的東西啊！」她大吼著，也不管瘦長人聽不聽得見了，因爲她手上握著他的東西，看來他橫豎都知道她的位子了！

汪聿芃跑得極快，她不只繞著樹跑，還踩上樹跳著、閃躲隨時飛來的樹枝，跑酷也是她極擅長的一部分，只是她從未顯露過；左眼眼尾瞧見任意伸長的手臂再度朝她刺來，她右腳蹬上樹半空一個旋身，極其俐落的閃過，落地！

「我可是經過訓練的啊！」咬著牙，她猛然扔出手上的棒球，擊落了某具搖搖欲墜的屍體！

剎！她是沒童胤恒投籃那麼準，那具屍體眞的只剩第二根肋骨掛在樹刺上，隨便一擊就斷，屍體斷成兩截落上了地！

瘦長人一頓，左右開弓的兩隻手同時以環抱之姿繞過樹，集中的朝汪聿芃擊來……不必五官，她都可以知道他很生氣。

但是手長腳長也有個缺點啊——近距離很弱嘛！

所以汪聿芃直接滑向瘦長人，那兩隻環過聖誕樹的手在樹的彼端交叉時，她已經來到瘦長人的面前，還把梳子丟給了他！

這可是阿架的交換禮物啊！不看就猜得到那應該是母親的遺物，她好不容易弄掉了一具屍體，瘦長人可要好好的回應阿架的禮物喔！

伸縮自如的長手咻地收回，趕緊接住差點掉落的梳子，至此汪聿芃手上再沒有屬於他的東西，他應該便不知道她在哪……才在得意，那顆水煮蛋卻立刻看向了她！

他知道！

瘦長人的手瞬間移動的向她殺來，這次連人都跟著衝過來了，汪聿芃回身直衝，剛剛他進來的樹就在前方——這就是比賽速度的時候了！

剎——

又是狼狽的滾地，汪聿芃這次痛得說不出話，瘦長人的世界土壤比外面的軟太多了，她感覺自己撞在一堆石頭上。

臉上身上處處是血，還有她的右手……超痛的！

翻了幾滾，她最後居然是以坐姿停下的，除了頭暈目眩與想吐外，腦袋一片混沌。

不過，瘦長人好像沒追出來啊……她回過頭，四周一片漆黑，她從哪棵樹滾出來的自己都不知道了。

腳步聲奔來，她有些緊張的看向腳步聲的方向，刺眼手電筒晃著，來人滑步到她身邊。

「汪聿芃！」

童胤恒緊張探視她全身上下，扔在地上的手機依然可以照出他憂心如焚的眼神。

「嗨。」她有氣無力的笑著，下一秒卻被緊緊的擁住。

唉……汪聿芃有些茫然，感受著身體的熱度，原來擁抱……是這麼的溫暖啊……

「找到了嗎？」聲音層層疊疊的傳來，步伐聲凌亂不已，但是童胤恒沒有鬆開手，直到康晉翊奔來，簡子芸含著淚咬著指甲衝至，他都沒有鬆手。

「妳去哪裡了!?」簡子芸當下哭了出來。

「就一下下……」她還委屈。

「一下下，外星女，妳連時空都跟人不同啊？現在都晚上十點了！」小蛙氣急敗壞的嚷著，「靠北我好餓！我要吃飯！」

十點？汪聿芃輕柔的抵著童胤恒，低聲說我真的沒事後，才意識到四周真的已暗去。

「我才進去不到十分鐘。」她眨了眨眼，「去了一趟瘦長人的家……吧？」

「都市傳說社」眾人瞠目結舌，半天說不出話。

「爲什麼妳能上火車又能去別人家裡啊啊啊啊！」半晌，康晉翊終於哀嚎了，「天哪！老天是不是有這樣不公平？」

「他家……是公寓？還是社區大樓？」簡子芸問得太認眞了，連童胤恒都忍不住噗哧。

「我還看到宋玟玉了，她是被掐死的。」汪聿芃沒有浪費絲毫時間，直接道出了重點，並攤開掌心，「她死前右手緊緊握著這個東西。」

在眾人接收驚訝一波接一波的同時，看著她打開右掌，疼痛來自於那物品早已刺進汪聿芃的掌心，因爲那是枚徽章，針尖在剛剛的危急時，插進了她的掌心。

圓形的小小徽章，沒有人知道那是什麼，沒看過的圖案，上面也沒有字，很像大家喜歡釘在書包上的裝飾品。

「他殺？」蔡志友沉了聲，「宋玟玉是被殺死的？」

「應該有人認得這枚徽章吧，」汪聿芃試圖起身，「我覺得我們應該先去……告訴大家宋玟玉的事。」

童胤恒扶著她站起來，心情跟著沉重，「去找鎭長還是警察？」

汪聿芃搖了搖頭，「這件事，第一個知道的不該是他們。」

簡子芸嘆了口氣，「去宋家吧。」

第十一章 殺童魔？

群組一發訊息，數分鐘內相關人員都到齊了，甚至還包括了靈玄社社長。

「你還好嗎？」汪聿芃格外關切他，「現在住哪裡？」

阿曾微微一笑，「謝謝學姐，我還行，我住在同學家。」

「那也不是長久之計，大家都是一個鎮上的人，早晚會把你還給你爸媽。」她淡淡的說著，「建議離開這裡，打家暴專線……」

阿曾微怔，狐疑的看著汪聿芃，「我……我沒有要打家暴專線啊！」

這下換汪聿芃愣住了，都被軟禁在家了，綁成那樣了，還想繼續待著嗎？

「這構成家暴了喔，小朋友！」小蛙在那邊擺大人姿態，「絕對成立。」

「就是知道會成立才不能打，我爸媽也只是被鎮長、被這個鎮的傳統束縛。他們不是故意傷我的。」阿曾說得平靜，「我就暫時避開一陣子，就等時間吧，時間會讓一切雲淡風清的。」

「不要太天眞，很多事很難講的，你還是多多觀察，好自爲之吧。」汪聿芃完全澆冷水，「很多事情有一就有二，有二就有三。」

汪聿芃！童胤恒輕輕的扯了扯她，怎麼這麼說話的！

阿曾默默的凝視著她，最終還是頷了首，「謝謝學姐提醒，我會留意的。」

周霖宇騎車抵達時，臉色相當憔悴，看得出仍在悲傷之中，大家也不好問他的情況，下午汪聿芃失蹤後，康晉翊要全力尋找她，無暇顧及未成年的孩子，就把他跟阿架都趕出森林，並要他們提高警覺。

所以這下午到晚上，周霖宇應該都在處理家人的後事吧？

阿架甩尾過來後，大家也遲遲不見葉牧芝與張一秋的身影，前者驚嚇過度，後者逃避，簡子芸也沒有明說聚集的意義，自然是刻意不勉強。

因爲，眞相太傷人。

「這個。」汪聿芃突然握拳對著周霖宇，他下意識張開手掌欲接住。鬆開的拳裡是那枚徽章，阿架跟著湊過去，「噢。」

噢。

這聲音眞是平淡得激奮人心，既不陌生也不驚訝，再再顯示阿架是認得那枚徽章的！

「在哪裡看過嗎？」康晉翊刻意平心靜氣。

「這校慶徽章啊，一百元一個。」阿架說得稀鬆平常，「還限定版咧！」

康晉翊忍不住失落，這表示人人都能買到啊！

「至少知道是學生，不必太失落。」蔡志友立刻補充，「很多人買嗎？」

「我沒有，我對這個沒興趣！」阿架說得實在，「我巴不得快點離開這裡。」

阿曾湊上前，拿起徽章反覆看了一下，「這個是金色的版本啊，不是販售版。」

「是嗎？」周霖宇拿著徽章走到路燈下端詳，「咦咦！對耶，這個是……」

他突然梗住了。

臉色瞬間轉為鐵青，緊張的嚥了口口水，僵硬的看向眼前的阿曾，阿曾雙眼瞠得圓大。

下一秒，他們不約而同的看向了身後的住宅——咿，門開了。

「喂，你們幹嘛聚在我家外面？」宋玟琦打開大門，不客氣的嚷了起來，「今天的事鬧得還不夠嗎？」

「我找到宋玟玉了！」汪聿芃冷不防的就說出口，嚇得眾人一大跳。

童胤恒屏住呼吸，他絕對信她看見宋玟玉的屍體了，問題是她帶不回來，也無法帶大家去找屍體啊！怎麼敢說出這種話!?

只見宋玟琦呆在原地，「什麼？」

「我找到妳妹妹了，特地過來報告一下這個好消息。」汪聿芃堆滿笑容，踏上台階，「宋爸爸宋媽媽在吧？我一併——」

剎那間，宋玟琦突然不客氣的一把推開了汪聿芃！

落。

咦！她整個人向後倒去，始終在她附近的童胤恒輕易的扶住她，防止她的跌

「閉嘴！你們鬧不夠嗎？我們鎮上現在都成怎麼樣了！」宋玟琦盛氣凌人的吼著，「一個下午出現好幾具過往的屍體，我們都知道玟玉回不來了，現在大家只想求平安與安定，你們不要再給我爸媽希望了！」

汪聿芃依在童胤恒身上，微笑著，「我眞的找到宋玟玉了，親眼看見的！」

宋玟琦瞠目結舌，冷笑著，「不可能，這是不可能的事！她已經被瘦長人帶走了！我或許還有機會在六十幾年後見到她，但是……」

「妳好肯定喔！」康晉翊瞇起眼，「怎麼就這麼肯定汪聿芃沒找到？」

「我以爲妳應該要很激動的問汪聿芃說，妹妹在哪裡的。」童胤恒幽幽的回頭看向周霖宇，「至少會像周霖宇那般歇斯底里。」

宋玟琦緩緩搖著頭、再搖著，「不不不，是你們說她被瘦長人帶走的，大家都知道我們鎮上眞的有瘦長人，這幾天發生這麼多事，失蹤後要六十幾年才有機會再遇到……」

「我說，我親眼見到宋玟玉了。」汪聿芃一字一字的重複，「妳不想知道她在哪裡嗎？」

宋玟琦卡在門口，她凝視著汪聿芃，銳利的雙眸深沉。

「騙子。」

語畢，她轉身就要將門給關上。

「宋爸爸——宋媽媽——」阿架突然扯開嗓子，「我們找到宋玟玉了！找到囉！」

什麼？宋玟琦氣得回身再度推開門，瞪向大吼大叫的阿架，「閉嘴！你閉嘴！」

踉蹌的腳步聲果然傳來，跌撞而出的宋媽媽，宋玟琦試圖阻擋未果，她說了很多遍是那群大學生在亂，但是視女如寶的宋家爸媽哪可能放過一絲一毫的線索，最終推開了宋玟琦，讓汪聿芃等人進屋。

誰知道才進玄關，汪聿芃鞋也不脫，直接在一樓搜尋。

「妳做什麼？脫鞋啊，不要亂跑！」宋玟琦氣得嚷嚷。

「妳房間在哪裡？」汪聿芃邊說，還真找到了樓梯旁的房間，「這間嗎？」

「汪……」童胤恒試圖阻止沒禮貌的她，但她已經直接開門進入了。

宋玟琦暴跳如雷，氣急敗壞在後頭追著罵著，「那是我的房間！妳做什麼!?」

宋家父母不解的看向學生們，康晉翊連聲道歉，解釋汪聿芃本來就有點怪，但她眞的見到了宋玟玉。

才從宋玟琦房間匆匆步出，汪聿芃二話不說又往樓上跑，童胤恒懶得上去追，想著她應該是去宋玟玉房間；宋玟琦出來在樓梯旁破口大罵，嚷著要報警，並且驅趕所有人離開。

「報警啊，麻煩一下！」二樓的汪聿芃三步併作兩步的往下走來，手上竟拎著一套制服。

「啊啊，妳做什麼？那是玟玉的——」媽媽緊張的喊著。

「制服的領巾，是黃色的，爲什麼？」汪聿芃拉起制服上的領巾，轉向的是站在門外遲遲不進來的國中生們。

周霖宇微斂了神色，「一年級是黃色、二年級紫色、三年級是……紅棕色。」

「喔，所以宋玟玉的領巾是黃色的啊……」她直接走到宋玟琦面前，「妳的紅棕色領巾可以借我看一下嗎？」

宋玟琦緊皺起眉，「神經病！妳這樣沒禮貌的闖進我家就是爲了這個？」

「一個人有幾件制服？」童胤恒立即明白汪聿芃的用意，問向阿架。

「兩件……女生一定有兩件制服。」阿曾下意識捏緊了掌心，他的掌裡，有那枚徽章。

童胤恒跟著逼向宋玟琦，「所以妳應該有兩條領巾對吧？借我們看一下。」

「無聊！滾——」宋玟琦怒不可遏的低吼著，不客氣的動起手來，打算直接推著汪聿芃往外。

但童胤恒更快，抓住她的手不客氣的往後甩，蔡志友見狀也立即上前，這女生是鉛球隊的，還是小心爲上。

「你們……這是怎麼回事啊？」宋爸爸也受不了這鬧劇，「你們不是說有玟玉的下落嗎？」

「是啊，所以來問問最在意她的姐姐。」汪聿芃認眞的點頭，「兩條領巾，宋玟琦，妳的領巾還在嗎？」

宋玟琦踉蹌得跌撞在牆邊的櫃子上，一張臉漲得紫紅，「我的領巾跟我妹在哪裡有什麼關係？」

「有沒有關係，妳自己最清楚吧！」汪聿芃用挑釁般的神情問著，換來的卻是宋玟琦的震驚神色。

畢竟還是國中生，太嫩了，一瞬間的恐慌所有人都盡收眼底：宋玟琦有問題！

宋家爸媽不可思議的看向大女兒，再對著汪聿芃：「不、不可能！妳現在是在暗指玟琦對玟玉下手嗎？宋玟玉是她妹妹，她們姐妹感情的確稱不上親密，但妳現在指控的是綁架、是……」

謀殺？宋父突然打了個寒顫。

「對……對！玟琦是很不討喜不貼心，跟玟玉常吵架，但再怎樣也不可能會害死妹妹！」媽媽也趕緊保護孩子，轉身拉住宋玟琦，「玟琦，乖，妳就把領巾拿出來，讓他們知道他們錯了！居然隨便指控別人！」

宋玟琦雙拳緊握飽拳，氣得青筋暴露，但就是未曾移動腳步。

「去啊……妳去啊！」宋媽媽心慌不耐的推著宋玟琦雄壯的身軀，「玟琦，快！去拿條領巾給他們看，就只是拿給他們看看而已……去，去拿呀！」宋媽媽的聲音開始發抖，緊接著轉成了尖叫，「我求求妳了，媽求妳去拿了行嗎！拜託妳拿出來啊啊啊——」

溫柔的聲音變成哽咽，哽咽變成哭泣，哭鬧聲最終帶著絕望與不可置信，化成了悲悽的怒吼。

求求妳去，只要願意移動腳步，就能證實那群大學生是錯的，只要……去啊！

但是宋玟琦，紋風不動。

「校慶當天，學校有頒獎儀式，獎勵這一年來爲校爭光或成績優異的人。」周霖宇緩步上前，終於踏進了宋家的玄關，「一共就十個，其中包括了……鉛球冠軍，宋玟琦。」

阿曾伸直的手臂、張開的掌心裡，躺著那枚正港限定版的徽章。

宋玟琦的臉陣青陣白，急著要上前，「你們是在哪裡撿到的，那只是我掉的，你們不能就這樣誣衊我害死宋玟玉！」

蔡志友打橫手，一步擋住她的去向，她再度繞開意圖閃躲，連簡子芸都上前了，一層一層的擋住，誰都不會讓她踏上玄關，逼近任何一個學生。

「所以妳的徽章眞的掉了嗎？」童胤恒心都沉下去了。

「那是我妹妹，我不可能害她的！這一切都是巧合……對，我的領巾不小心弄不見了，我在練球，換衣服是家常便飯，領巾掉更是常事，徽章也是不小心弄丟的……」

「妳猜我在哪裡撿到的？」汪聿芃看著宋玟琦，玩味似的挑起笑容。

宋玟琦嚥了口口水，最終深呼吸，「森林裡，因爲我是淨山那天不見的。」

「就是妳妹妹失蹤那天？」康晉翊補充說明。

宋玟琦別過頭，一副是又怎樣的臉。

「我在宋玟玉屍體的手裡找到的，她到死，都緊緊握著那枚徽章。」汪聿芃用平淡的口吻說著殘忍的事實，「瘦長人沒有對她動手，因爲她的脖子上繫著一條紅棕色的領巾，頭骨已斷。」

「什麼？」周霖宇驚呼出聲，「妳是說，宋玟玉是……」

「她爲什麼沒有尖叫？爲什麼吳美谷她們近在咫尺也不懂得求救？因爲不需要啊！」汪聿芃聳了聳肩，「自己的姐姐有什麼好求救的！就姐姐而已啊，只是她沒想到——會被自己的姐姐活活勒死吧。」

繫在斷掉的頭骨上的領巾，就是紅棕色的啊！

「所以？宋玟琦！妳掉落的徽章跟領巾，那麼剛好都在宋玟玉身上？」阿架忍無可忍的暴吼出聲，「妳殺了宋玟玉！就是妳殺了宋玟玉——」

「我……我沒有！」宋玟琦焦急的想回身，「我是心疼妹妹的宋玟琦，我是——」

她差點撞上人，這次擋住她的，卻是她的父親。

父親滿臉是淚的望著她，滿滿的不可思議，「說！說實話！玟琦！真的是妳嗎？」

宋玟琦沒吭聲，只是面如死灰的望著心痛如絞的父親，母親跟著上前，不支的抓著她的雙臂拼命搖著，「妳怎麼能做這種事？玟玉是妳妹妹啊！那麼可愛體貼的女孩，妳怎麼下得了手啊!?」

宋玟琦緊閉上雙眼，忍耐到了極點似的突然雙手向上一劃，劃開了父親的手！

「爲什麼下不了手，我恨死她了！全世界她最聰明最可愛最天眞最善解人意啦，你們眼裡只有她，哪還有我這個女兒！我也是你們女兒你們記得嗎？」宋玟琦發瘋似的怒吼，「我看見你們痛苦我有多高興你們知道嗎？看你們失去至寶，看你們悔恨一輩子！連希望出事的是我這種話都說得出來了，我還有什麼不敢做的！」

啪，宋父毫不猶豫的，狠狠的揮了她一巴掌。

這一掌打得宋玟琦一絲踉蹌也無，她只是冷笑，仰天長嘯的狂笑著，「憑什麼她都能得到最好的！得到你們的愛，得到一切，還能上大學——我不只奪去你們的最愛，我也奪去了她的人生，再貼心有屁用！我親手了結了她，我們就來看看，最後笑著的會是誰！」

她恨宋玟玉，如此的恨之入骨，那恨意流露的眞切，在場沒有一個人會懷疑。

康晉翊默默拉了拉童胤恒與蔡志友，示意大家離開吧，接下來不是他們能處理的了，過程都已錄音錄影，在約國中生來此之前，簡子芸就已經聯繫了警方，他們早就在外頭，該聽的也都聽見了。

「哈哈哈哈，哈哈哈……後悔也來不及了！死的就是宋玟玉！不是我，不是這個你們厭惡的女兒！後悔到死吧你們！」

宋玟琦發狂般得意的笑著，她看起來像是眞正的欣喜若狂，但是……簡子芸出門前回首看向她眼角流下的淚。

既然如此，淚水又是爲什麼呢？

學生們魚貫走出，警方跟著進入，國中生們在震驚與難受中，隱約聽得阿曾喃喃一句：「她一直說，總有一天，她會被她姐殺死的。」

可能造成瘦長人現身的宋玟玉，卻是唯一一個與瘦長人無關的死者，殺童魔沒有殺害宋玟玉。

她，死在了父母的寵溺下，死在親姐姐的手上。

媒體湧進K鎮，兩星期前的少女失蹤案宣告破案，竟與都市傳說毫無關係，是親生姐姐下的毒手，這比都市傳說更具有新聞價值；宋玟琦說把屍體丟在邊坡下的深谷，警方準備進行大規模搜山，但汪聿芃明白，什麼都不會搜到。

當然不可能搜到，她已經以曼妙的舞姿，矗立在瘦長人那棵專屬的樹上了。

康晉翊等人隔天便立即離開K鎮，沒有人想被記者採訪，趁著他們都包圍宋玟琦之際，三十六計走爲上策。

鎮長請民宿阿姨開車載他們到隔壁鎮的車站去好避人耳目，臨上車前，腳踏車急匆匆的趕至。

「學姐！」葉牧芝激動的喊著，剛放好行李的他們匆匆回眸。

腳踏車還沒停穩她就跳下車，衝向了簡子芸。

「對不起對不起……」一股腦兒的道歉，根本不知道所爲何來。

「妳又沒錯，道什麼歉？」簡子芸好笑的說。

「我……我只是……」葉牧芝說不上來，她的朋友群們分崩離析，死傷慘重，「我好像做了不該做的事。」

「找我們來嗎？」康晉翊笑了起來，「妳不要想那麼多，是妳幫宋玟玉昭雪了！否則誰會知道她姐姐會親手勒死她？」

葉牧芝看著康晉翊，淚如雨下，這是福是禍她道不清，她是幫宋玟玉昭了雪，但是吳美谷、黃曉韋、林靖雯她們卻全部都……張一秋完全逃避狀態，只怕這段友情也不復從前了。

「這能怪誰？」周霖宇苦笑著，「我都不知道該怪誰了？怪瘦長人？怪都市傳說？或是怪……宋玟琦？」

「我昨天試探性的問過那幾個下棋的長輩，聽說當年在森林裡上吊的孩子，事發前跟同學們吵架，很像被欺負的對象……」童胤恒也只是推斷，「用現在的看法來說，可能是霸凌吧！他在那裡上吊自殺，引起了瘦長人的注意也不一定。」

「會這樣嗎？」葉牧芝忍不住發顫，「那他、他還會再出來嗎？」

「誰也無法預料啊，那是都市傳說啊！」汪聿芃聳了肩，左顧右盼的，「阿架呢？」

「他去找他爸了，說一整夜都沒回來，很怕不知道醉死在哪裡！」周霖宇回頭說著，「啊！來了來了！」

遠遠的，看見揮手的阿架騎著車趕過來。

是嗎？汪聿芃突然勾起嘴角，哼起歌來。

阿曾有些遲疑的看著大學生們，好不容易才上前，「那個，我想請問宋玟玉的筆記本……」

簡子芸眼神一沉，才要開口，後頭一個力道拍在肩上，「燒掉了！」

咦？她詫異的回頭看著蔡志友，他一手搭她、一手扣著康晉翊，催促著大家該走了！

「燒……燒掉了？」阿曾臉色一白，「你們怎麼可以──」

「那種東西留著不好。」蔡志友搖了搖頭，「我覺得啦，她寫得都對，也記得太清楚，所以……葉牧芝應該瞭解我在說什麼！」

宋玟玉記載了交換禮物，大家照做了，所以……她失去所有朋友了。

「對，燒掉了。」童胤恒跟著應和，「有些事還是不要知道得太詳細才對，這也給了我們一個教訓，不該任意驗證。」

「但不驗證有時又不能得到答案。」康晉翊搖了搖頭，「應該說，以後驗證要小心為上。」

沉默在「都市傳說社」的社員間漫開，大家都感受到了其間的微妙。

宋玟玉那本筆記本，簡直像是個陷阱啊！

「差點來不及！幹！」阿架跳下腳踏車，「怎麼突然要走？」

「要回去上課了好嗎！」小蛙很喜歡這個臭味相投的小子，「再不走等等被記者包圍就不好玩了。」

「說得也是！」阿架搔了搔頭，「謝謝……謝謝你們找到宋玟玉！」

童胤恒有點尷尬，「也沒找到什麼實質的……」

「我知道她在哪裡就好，至少有個底！」阿架認真一鞠躬，「謝謝！」

國中生們趕緊一一的道謝，民宿阿姨催促著，再不走等等被發現就真的難走囉！

「阿架，」臨上車前，汪聿芃突然回身，「你在找你爸嗎？」

「嗯……嗯啊！他一整夜沒回來有點怪。」阿架嘖了一聲，「能去的地方我都找了……啊！不提他了，沒事的！」

沒事的，是啊。汪聿芃微笑頷首，看起來心情很好的坐上麵包車。

阿架最珍惜的，果然是親情啊！

車子緩緩駛離，學生們在原地拼命揮著手，在鎮上的另一端記者蜂湧而至，包圍著宋玟琦、包圍著森林、包圍著鎮長與所長們。

然後祠堂的角落裡，關著被大家暫時遺忘的林靖雯，她雙手上銬的癱坐在角落，有棵樹昨晚突然生意盎然，從她坐著的地板拔地而起，一整夜生長快速，小樹在她體內茁壯成長，直到穿出了她瞠大的嘴巴，再長出窗外，還開了朵豔紅的花。

然後，在記者拍攝宋玟琦重現行凶過程的這一刻，磅然巨響，數十公尺外，又落下了一具六十三年前的屍體。

記者們衝向屍體，唯獨鎮長與所長面面相覷——又一具？那是誰換的？

汪聿芃看著使勁揮手的阿架，笑得燦爛，「阿架很可愛。」

「超純情的！」小蛙科科。

「唉，可惜有個家暴的老爸……」蔡志友歪著頭，「我覺得應該有什麼方法可以幫他。」

「應該不必我們擔心了！」汪聿芃自在的坐回位子，「我覺得他可以應付的。」

童胤恒默默看著汪聿芃，昨天半夜，他曾因劇痛轉醒，瘦長人的腳步聲清晰，但他知道——昨夜他曾出手。

爲什麼，周伊樂不是最後一個？

簡子芸低頭默不作聲，手扣著膝上的包包，其實宋玟玉的本子躺在裡面。

「燒掉就是燒掉了。」蔡志友語出驚人，「你們知道我在指什麼。」

「這簡直像是遇見都市傳說的指南。」童胤恒自然明白，「要不是我們照著做說不定會少很多損失，吳美谷、黃曉韋，甚至那些被催眠的人都不會有事。」

「有時熱愛，也會造成傷害……」康晉翊凝視著簡子芸，「子芸，妳打算怎麼辦？要寫上去嗎？」

萬眾矚目的「都市傳說社」，所有人一定在等著他們寫下瘦長人的一切，與在K鎮發生的事啊！

簡子芸做著深呼吸，這是何其珍貴的資料！如何遇見瘦長人，如何交換禮物，甚至他的行蹤、他如何變化，這麼久以來都是謎團的瘦長人，在這裡都能有個雛型的，現在卻——

「不該寫。」汪聿芃幽幽的說，「妳知道這麼清楚會出事的。」

「但血腥瑪麗的召喚法，不是大家也知道嗎？」簡子芸有些堅持，「可是——」

「但人心難測。」康晉翊說出了關鍵，「區區交換禮物只是表象，重點是：你有沒有希望消失的人？」

你有想過，要某個人消失嗎？

一念之差，什麼友情親情根本不堪一擊啊！

簡子芸最終痛苦的深呼吸，點了點頭，「我會避重就輕的。」

終究……她隔著包包捏著裡頭筆記的形狀，這是一本無法見天日的筆記。

「喂，外星女，我有件事很好奇！」小蛙嚼著口香糖，饒富興味的問，「妳之前不是說，圍繞在武祈山邊的每一個鎮，都有個專屬的都市傳說？」

汪聿芃一凜，眼神緩朝他瞟過去，「嗯哼。」

「啊妳老家不是在W鎮？」小蛙雙眼熠熠有光，「那妳老家的都市傳說是什麼呢？」

——咦？——

眾人不約而同之驚的看向汪聿芃，她老家也有都市傳說？

童胤恒幾分緊張，突然握住了汪聿芃的手，「我覺得不一定吧，像K鎮，現在知道當年事件的人也不多了對吧？」

「但是還是有傳承啊，我查過了，W鎮也是在這片武祈山腳下的！」小蛙期待的問，「有沒有聽說過啊？」

汪聿芃面無表情的看著他，嘴角略為抽搐——叭——猛然一陣急煞，伴隨著喇叭聲，車子裡的大家全部往前倒。

「哇！」

「幹什麼啊！」小蛙氣急敗壞的往窗外看，「又是三……寶……」

康晉翊正檢視著簡子芸的額頭，蔡志友也連連髒話的往外瞧，這一看，可愣了。

一堆人擋住了阿姨的車，拍著車門，而且還沒有一個是媒體。

「開門！求求你們！」

小蛙詫異的拉開了門，外頭是一群看上去二、三十歲的男女。

「你們是A大的都市傳說社對吧？」一個披頭散髮的女人驚恐的拉著小蛙，「拜託你們幫幫我們，我求求你們──」

唰啦，突然間所有人都朝著他們跪下。

「喂，喂，這演哪齣啊？」蔡志友連忙叫他們起來，「大家有嘴巴，用嘴巴說話好嗎？」

康晉翊也下了車，童胤恒跟汪聿芃還坐在位子上，看著外頭一票陌生人，暗叫不好。

「我們是O鎮的，我們鎮上最近也發生奇怪的事了……我在想是不是跟瘦長人有關！」男人焦急的皺著眉，「我們好像也有都市傳說，但是我們也不知道怎麼回事……」

「你們的都市傳說……」康晉翊心頭涼了半截。

蔡志友下意識回頭看向汪聿芃，外星女說的好像是眞的耶，武祈群山下，根本是都市傳說的孕育地？

「八尺大人來了！求求你們，幫幫我們！」

尾聲

男人仔細的整理自己的領結，驀地感受到森林深處的樹葉顫動，沙沙作響，他只是朝那兒定睛望去。

同片森林，不同地盤，他沒有感受到威脅後，才轉身看著自己的樹，再度攀爬上去。

樹頂的女孩依舊還沒腐爛，樹椿刺穿她的身體，讓她得以昂然挺立，做出曼妙舞姿。

男人從口袋裡用樹椏長指勾出了一條項鍊，好整以暇的掛上女孩的頸子。星月型的項練，在專屬月光下，閃閃發光。

後記

隨著第十集的瘦長人現身，都市傳說第二部也即將進入尾聲了。

是的，都市傳說第二部與第一部相同，十二集完結，而且不會有第三部了喔！

雖然都市傳說很多，但同質性的更多，也有許多是只適合短篇操作，要變成十萬字的小說豐富度並不夠；而且我們也要放過這個可憐的社團，這樣誰想參加都市傳說社啊？

漸漸走向了尾聲，還剩下兩個都市傳說，仍會努力的呈現給大家，大家縱有許多疑問，走到最後時都會得到答案的。

這次終於寫了瘦長人，它是世界知名的都市傳說，但一直遲遲沒下筆是因為覺得它眞不好寫！因為太謎了！除了誘拐孩童外，就是長得很特別，喜歡在樹林邊現身，住都市好像還沒這麼困擾了（誤），被擄走的孩子有什麼清楚的後續？

再深一點查，發現他就是個「大眾想像力」的產物，幾乎不是眞實的，連鄉野奇談可能都算不到，所以就更難寫了——但是，人類永遠不會令人失望，總是會自己衍生出更血腥的案件。例如，有人深信要成爲瘦長人的夥伴必須殺戮，也有人設計相關網站說服不懂事、憤世嫉俗的青少年，殺掉自己的父母可以獲得與瘦長人的讚許，這些凶殺案都查得到的；尤有甚者，同儕間還會刺殺朋友十九刀，然後把原因推給超無辜的瘦長人。這種資料比「眞正的瘦長人」還多，所以「催眠」、「拐童」、「殺戮」這些元素就組成了我的瘦長人。

細心者會發現今年我的產量比較少，我在粉專燒早就提過了，二〇一九年適巧是入行二十年，也剛好進入一種職業倦怠，想做的事多出很多，但對於寫作就是少一份動力；加上剛好處在一個未來規劃點上，規劃著就想寫很多其他的類型，所以有點多重掙扎。

不過對於工作我還是會很盡責的陸續做完，就是時程上可能會拉長點囉！

這次很難得的在故事末尾就連結到下一本的主題了，或許會這樣一路順著到都市傳說結束，只有敬請期待了。

最後，感謝購買這本書的您，購書才是對作者最直接的支持，書本有銷售、出版社得以生存、作者也才能有飯吃，因此能繼續寫下去，所以謝謝您讓我能繼續書寫天馬行空的故事。

笭菁

境外之城 101

都市傳說 第二部10：瘦長人

作　　者／笭菁
企畫選書人／張世國
責任編輯／張世國
發 行 人／何飛鵬
副總編輯／王雪莉
業務經理／李振東
行銷企劃／陳姿億
資深版權專員／許儀盈
版權行政暨數位業務專員／陳玉鈴
法律顧問／元禾法律事務所　王子文律師
出版／奇幻基地出版
城邦文化事業股份有限公司
台北市 104 民生東路二段 141 號 8 樓
電話：(02)25007008　　傳眞：(02)25027676
網址：www.ffoundation.com.tw
e-mail：ffoundation@cite.com.tw
發行／英屬蓋曼群島商家庭傳媒股份有限公司城邦分公司
台北市 104 民生東路二段 141 號11 樓
書虫客服服務專線：(02)25007718．(02)25007719
24 小時傳眞服務：(02)25170999．(02)25001991
服務時間：週一至週五09:30-12:00．13:30-17:00
郵撥帳號：19863813　　戶名：書虫股份有限公司
讀者服務信箱 E-mail：service@readingclub.com.tw
歡迎光臨城邦讀書花園 網址：www.cite.com.tw
香港發行所／城邦（香港）出版集團有限公司
香港灣仔駱克道 193 號東超商業中心 1 樓
電話：(852) 2508-6231 傳眞：(852) 2578-9337
馬新發行所／城邦（馬新）出版集團
【Cite(M)Sdn. Bhd.(458372U)】
11, Jalan 30D/146, Desa Tasik,
Sungai Besi, 57000 Kuala Lumpur, Malaysia.
電話：(603) 90578822　　傳眞：(603) 90576622

封面內頁插畫／豆花
封面設計／邱宇陞視覺工作室
排　　版／極翔企業有限公司
印　　刷／高典印刷有限公司
■2019 年（民 108）10月31日初版一刷
■2024 年（民 113）4月10日初版13刷

售價／300元

國家圖書館出版品預行編目資料

都市傳說 第二部 10：瘦長人 / 笭菁著 .-- 初版 .--
台北市：奇幻基地出版；家庭傳媒城邦分公司
發行；2019.11（民 108.11）
面：公分 .–（境外之城：101）
ISBN 978-986-97944-6-6（平裝）

863.57　　108016531

ISBN 978-986-97944-6-6
Printed in Taiwan.

※ 本故事內容純屬虛構，如有雷同，純屬巧合。

廣　告　回　函
北區郵政管理登記證
台北廣字第000791號
郵資已付，免貼郵票

104台北市民生東路二段141號11樓

英屬蓋曼群島商家庭傳媒股份有限公司城邦分公司 收

請沿虛線對摺，謝謝

奇幻基地

每個人都有一本奇幻文學的啟蒙書

奇幻基地官網：http://www.ffoundation.com.tw
奇幻基地粉絲團：http://www.facebook.com/ffoundation

書號：**1HO101**　　書名：都市傳說　第二部10：瘦長人

請於此處用膠水黏貼

奇幻基地

讀者回函卡

謝謝您購買我們出版的書籍！請費心填寫此回函卡，我們將不定期寄上城邦集團最新的出版訊息。

姓名：____________________ 性別：□男 □女

生日：西元________年________月________日

地址：____________________

聯絡電話：____________傳真：____________

E-mail：____________________

學歷：□1.小學 □2.國中 □3.高中 □4.大專 □5.研究所以上

職業：□1.學生 □2.軍公教 □3.服務 □4.金融 □5.製造 □6.資訊

□7.傳播 □8.自由業 □9.農漁牧 □10.家管 □11.退休

□12.其他____________________

您從何種方式得知本書消息？

□1.書店 □2.網路 □3.報紙 □4.雜誌 □5.廣播 □6.電視

□7.親友推薦 □8.其他____________________

您通常以何種方式購書？

□1.書店 □2.網路 □3.傳真訂購 □4.郵局劃撥 □5.其他

您購買本書的原因是（單選）

□1.封面吸引人 □2.內容豐富 □3.價格合理

您喜歡以下哪一種類型的書籍？（可複選）

□1.科幻 □2.魔法奇幻 □3.恐怖 □4.偵探推理

□5.實用類型工具書籍

為提供訂購、行銷、客戶管理或其他合於營業登記項目或章程所定業務之目的，英屬蓋曼群島商家庭傳媒（股）公司城邦分公司，於本集團之營運期間及地區內，將以電郵、傳真、電話、簡訊、郵寄或其他公告方式利用您提供之資料（資料類別：C001、C002、C003、C011等）。利用對象除本集團外，亦可能包括相關服務的協力機構。如您有依個資法第三條或其他需服務之處，得致電本公司客服中心電話 (02)25007718請求協助。相關資料如為非必要項目，不提供亦不影響您的權益。

1. C001辨識個人者：如消費者之姓名、地址、電話、電子郵件等資訊。
2. C002辨識財務者：如信用卡或轉帳帳戶資訊。
3. C003政府資料中之辨識者：如身分證字號或護照號碼（外國人）。
4. C011個人描述：如性別、國籍、出生年月日。

對我們的建議：____________________

請於此處用膠水黏貼